I0533754

Piero Buscemi

Querelle

con una prefazione di Vincenzo Tripodo

ZeroBook
2021

Titolo originario: *Querelle* / di Piero Buscemi

Questo libro è stato edito da **ZeroBook**: www.zerobook.it.

:Prima edizione ZeroBook: ottobre 2021

ISBN 978-88-6711-202-9

Controllo qualità **ZeroBook**: se trovi un errore, segnalacelo!

Email: zerobook@girodivite.it

Indice generale

Prefazione, di Vincenzo Tripodo

"Ciao Jena, una richiesta. Sta andando in stampa la nuova versione di Querelle, *se ne hai voglia mi scriveresti la prefazione? Basta anche una pagina A4".*
"E che ne so io di quello che mi esce? Magari non arrivo neanche a mettere tre parole in fila una dietro l'altra, o magari stappo e non smetto più di scrivere. Comunque certo che la scrivo. Ne sarei onorato".

Dentro di me metto a soffocare il rigurgito di un senso di colpa rimosso. L'ultima volta che Piero mi ha chiesto di scrivere una prefazione a un suo testo sul teatro ho risposto nello stesso modo. Ne sarei onorato. Credo che sia arrivato alla terza edizione e della mia prefazione ancora non se scorge traccia. Stavolta no. Voglio mantenere l'impegno. Glielo devo. Lo devo a *Querelle*.

Piero ha fissato su carta la carica eversiva della nostra adolescenza. La nostra, ma chissà di quanti. Le pecore nere. Quelli della direzione opposta. A tutto. Non ci riconoscevamo nei nostri coetanei e cercavamo maestri tra le pagine dei libri che divoravamo e musica che ci sudava dentro. E la dove il resto del mondo aveva scelto come forma di comunicazione privilegiata la parola orale, noi le avevamo preferito quella scritta. Motivo per il quale abbiamo trascorso le notti di un'intera estate, seduti a un bar, circondati da adolescenti in calore, a scriverci dialoghi passandoci un quaderno come una staffetta. Sera dopo sera. Imparando così anche a conoscerci. Un'affinità elettiva per dirla alla Goethe. Forse anche un po' aristocratica, nel senso peggiore del termine. Di fatto con quello scambio di scritture eravamo noi a tagliare tutti gli altri fuori. Una sorta di rivalsa contro le gerarchie miopi del branco.

Ma quelli erano gli anni del Rosso e del Nero. Nel senso che o ti saliva il sangue agli occhi per l'indignazione o ti risaliva il nero dello sconforto nel vedere trascinarsi verso l'ineluttabile burrone fiumi di Lemmings.

E c'è il viaggio in Inghilterra. La nostra sognata Shangri-Là. Un luogo immaginario dove si stava meglio che da noi. Dove la musica era meglio che da noi. Dove le donne erano più generose che da noi. Salvo poi comprendere che la terra d'Albione era tutt'altro che perfetta, anzi era proprio l'opposto.

Negli anni dell'edonismo Reganiano, e del Pentapartito noi eravamo un po' dei pesci fuor d'acqua. Le nostre letture e il nostro credo avevano un sapore decisamente vintage. Come per l'Inghilterra, anche gli anni 70 erano per noi un mito. Un tempo in cui la gente si impegnava per contrastare sistemi soffocanti. Dove ci si batteva, se il caso, anche fisicamente

8

per le proprie idee. Circondati dal mediocre qualunquismo in cui la nostra generazione sguazzava allegramente, abbiamo provato ad andare in senso opposto. Provato dico.

Sicuramente abbiamo sognato. Il sogno, ad esempio, di stampare e distribuire su carta il nostro livore contro chi stava affossando la patria. Contro chi permetteva che si facesse saltare per aria un uomo come Giovanni Falcone o come Peppino Impastato. Che spezzava la penna di Fava e spazzava via "I Siciliani". Per farlo ho dovuto iscrivermi all'albo speciale dei giornalisti in modo da avere un direttore responsabile ed essere in regola con la legge. Dopo il primo travolgente numero, ecco arrivare puntuale la reazione del sistema. Vengo convocato d'urgenza dall'Ordine di Messina e viene revocata la mia iscrizione. Querelle non può più essere pubblicata se non in maniera clandestina. Peccato che internet e il web fosse ancora in là da venire, altrimenti avremmo trovato un canale di distribuzione delle nostre idee alternativo al ciclostile.

Nonostante tutto e tutti Querelle è viva e vegeta. Dal 1984 ad oggi sono passati quasi quarant'anni, ma sia l'associazione, che avevamo creato ad hoc, che noi siamo ancora in piena attività. Io ho continuato ad esprimermi attraverso il cinema e il teatro, mentre Piero, fedele alla linea, ha continuato a partorire parole e mondi. Ricordo ancora quando seduti attorno a un tavolino a bere birra calda da lattine ossidate, cercavamo di trovare un nome da dare alla nostra testata. Dal cilindro ne avevamo estratti una cinquantina, ma non

9

riuscivamo a deciderci, fino a quando, dopo un acceso dibattito da cui non si riusciva a cavare un ragno dal buco, qualcuno alzandosi in piedi innervosito gridò: è nata una querelle, non ne usciremo mai! E invece fu l'esatto istante in cui tutto prese forma. Lo capimmo al volo. Avevamo accidentalmente trovato il nome che avrebbe definito per anni il nostro agire e le nostre vite.

Vincenzo Tripodo

Querelle

1

Dovremmo fermarci un giorno. Tutti, con le nostre idee diverse, e guardarci negli occhi. Dovremmo comprendere le nostre luci e le nostre notti, i nostri pensieri e le nostre follie, i nostri desideri e le nostre paure. Dovremmo maneggiare con cura la saggezza, disposti a offrirla a chi ce la richiede, senza che qualcuno dalla tomba ci annunci che dalla sua parte si sta meglio. Dovremmo tacere con la voglia d'eventualità che sia per l'ultima volta, obbedienti esecutori, figli illegittimi dei nostri istinti. Un giorno, dovremmo. Solo fermarci.

Lo avrei fatto da qualche tempo, se non avessi riflettuto troppo a lungo su versi opachi per essere nascosti. Se non li avessi trasformati nella solita canzone che sottrae l'anima, esaltandola in un memoriale di ritorno nostalgico. La solita, implosa nelle mancate reazioni a catena, nella penombra che tinge i giorni. Cantata o stonata per calmare la mia veemenza e la presunzione che il mondo continuava ad avercela con me. Mi sarei sentito più coerente se avessi mandato tutto a fanculo, anche cose che una volta ostentavano un valore diverso. Avevo allontanato definitivamente anche quest'altro pensiero e le persone che mi erano state vicine. Provavo nausea continuando a sprecare ulteriori parole. Nemmeno il tempo riusciva più a ritmarmi il suo passaggio e, di tanto in tanto potevo fingere di non accorgermene, anche quando ero costretto a farlo.

Anche in quei momenti riservati e particolari, quando ho improvvisato una scelta di vita imbarazzata, rimanevo un oratore solista contemplativo. Seduto sulle scale che conducono a una casa sconosciuta, io masochista, aspettavo che estranei mi dicessero di andarmene. Solo quando mi sono trovato su un treno che mi stava portando al mio paese, ho riscoperto la mia esistenza. Il tempo con la sua spada a doppio taglio, con il quale avevo consumato pigramente le mie giornate meditando sui testi universitari nel mio destino di studente in cerca di una posizione, dimenticando quelli che erano rimasti al prossimo appello d'esame. L'esame lo saltai. Mi ero presentato una mattina, preparato e arrogante a provocare il custode, che più annoiato che irritato, continuava a ripetere che quel giorno non c'era l'esame di inglese. Lo frecciai ironicamente senza trascurare il suo addome gonfio ma ben nascosto – almeno ci aveva provato - in pantaloni di velluto a coste. Marrone stitichezza. Due taglie sotto misura. La cerniera che esaltava la sua mascolinità come a un tentativo di fuga da Alcatraz. Quella ristrettezza che gli modellava il ventre, quella che gli prometteva che un giorno sarebbe stato idoneo per entrare a far parte del coro eunuco del Conservatorio di Messina.

Così mi sono ritrovato sul treno espresso 581 che viaggiava da Roma Termini all'ispirato territorio della Sicilia con i miei ricordi espressi in inglese e a volte scandinave che prendevano il sole nude, riflesse nel vuoto della mia sonnolenza. Dieci ore mi separavano dal mio ritorno a casa e non avevo voglia di ascoltare la voce pollanca della donna seduta di fronte a me per tutto il viaggio. Salita anche a Roma. Lei e le sue sei valigie. Più una amica che continuava a tormentare me e gli altri viaggiatori. I problemi con i bagagli avevano richiesto tempo. Si lamentava, alzando il tono della voce, dell'egoismo e dell'indifferenza di chi si prende cura solo del proprio benessere. Concluse dicendo che la latitanza del marito le stava impedendo di farsi due risate. 'N gopp' a sto cazzo. Sentenziò il ragazzo di Agropoli seduto vicino alla finestra, continuando a leggere il suo giornale.

La signora dalla ammaliante pelle scura accanto a me aveva chiuso gli occhi per un po'. Il calabrese alla mia destra mormorò: "Focu ranni, si sta purannu I cirivedda" disapprovando le prostranti lamentele della chicken's friend. Fissai il quadrante dell'orologio, vagai in piena libertà nelle dodici ore precedenti. Ore di eterno distacco. Protagonista intangibile del mio vagabondaggio. Nelle mie orecchie gli auricolari musicali che irradiavano Snowy White lungo i marciapiedi di Eastbourne troppo lindi per soffermarsi. Vivace città nell'East Sussex. Gran Bretagna.

Sarà stata questa mia incurante nostalgia che le due calunniatrici concentrarono le loro conversazioni su argomenti più istruttivi. Altre martellate sulle palle. Crociere, cure termali, ristrutturazioni di ville milionarie e figli di papà che non volevano trombare per garantire le generazioni future. Un quarto d'ora dopo la partenza ufficiale, la voce di una ragazza che veniva dal corridoio addolcì l'aria, chiedendo se ci fosse un posto libero. Potevo solo offrirle il mio. Entrò con una valigia e i genitori. "Minchia, mi futtìu". Fu il mio primo pensiero. La sicurezza di suo padre che strattonò in perfetta par condicio quelli che rivendicavamo fossero i nostri fardelli da viaggio, trovando in breve tempo lo spazio necessario per soddisfare le esigenze della figlia, ci lascò per qualche istante la dubbia ardua sentenza. Il bacio di raccomandazione svanì l'arcano. Restò la madre che sibilante le pronunciò alcune parole denunciatrici all'orecchio, angolandoci con lo sguardo. Infine svanì anche lei. Campo libero. La sbirciai con curiosità. Muovendo lentamente il collo la potei vedere meglio. Bellezza romana, velluto abbronzato, occhi scuri pungenti. Immaginai le osservazioni dei miei amici "ben accoglienti", a pancia sotto. Occhiali a specchio che nascondono fantasie cocenti. Raffreddate nei volteggi dalle selezioni naturali. Palpebre semichiuse in

16

preziosa castità. Approfittai della sindrome messicana per anatomizzarla ulteriormente.

Bedda bbuona, zzuccarata, pacchiuna. Risvegliai in me l'animale non troppo nascosto, stimolato dai suoi tratti mediterranei. Agropoli si spinse più avanti. Continuava a fare le solite domande a cui lei rispondeva abilmente, con sorrisi stanchi ma educati. Non si accorse - finse - della prostrazione della ragazza. Continuò a scodinzolare davanti all'osso che avrebbe voluto spolpare. Arcobaleno impacciato, sciolse gli occhi su quel terreno emotivamente arido, soddisfacendo parzialmente il loro bisogno di condivisione. Soffocai l'ironia della scena costruendo pensieri insensati di falsa perspicacia femminile che non riuscirono a leggere geroglifici eccitati. Lei, nella sua falsa ingenuità, esplose in personaggi pirandelliani appagati dalla ricerca. Studentessa universitaria errante. In viaggio verso la tranquillità mentale che l'aspettava in Calabria. Finì per invertire i ruoli quando, attratta dalla mia conversazione che avevo iniziato con la signora bruna, abbandonò il ragazzo campano sulla spiaggia di Agropoli, seppellendo le parole monotone. Oratore itinerante. Montai sul piedistallo, conoscendo i rischi oggettivi di una rovina improvvisata. Sottomesso dalle domande pertinenti, tirai fuori Kerouac dalla mia sgualcita borsa rossa e centellinando raccontai di episodi incandescenti non adatti a lobi eccessivamente sensibili. Mi concentrai. Tentai di fare un monologo sull'argomento

17

anticipando le domande attese, ma la fluttuazione delle labbra romane nella vana ricerca di umido rinfrescante, deragliò la mia logorrea. Avvertii uno sguardo delirante in attesa di segnali incoraggianti, agognanti ma educatamente scacciati, soffocato dall'eco delle continue esortazioni della madre. Come un'ammiratrice soddisfatta di fronte al suo idolo, esitando la richiesta non ripetibile, finisce per condensare una banale combinazione di penna e foto ricordo, mi chiese la mia personale impressione sulla monarchia britannica. Ammutolii per alcuni istanti. Poi, alzando la voce di parecchi decibel, per rispettare la forma anatomica, più meritevole del suo contenuto intellettuale, risposi che non avevo avuto il tempo di formarmi un'opinione. L'incidente culturale non mi impedì di invitarla ad andarci l'anno successivo. Un "magari" di clausura forzata interruppe il tema anglosassone. Prelevò astutamente il suo testo universitario, mostrando intenzionalmente il titolo "The Domestic Animal and Man", facendoci soffrire per i suoi studi di medicina veterinaria. Del suo trasferimento a Perugia e della sua passione selvaggia che l'aveva spinta a non mollare.

Agropoli, sbattuto dai venti degli atenei, convinto di essere in torpore coinvolto in una battuta di caccia sui monti Peloritani, grazie alle cinguettii vertiginosi della tragedia romana, brillò l'atmosfera con un sincero "... az". Mi voltai cercando conforto in qualche ora di sonno per evitare gli spietati applausi del pubblico.

2

Aprile. Un desiderio perverso di fracassare quelle teste di cazzo che riempirono le noiose stagioni negli anni precedenti. Ho visitato distrattamente la facoltà, feudo privilegiato dei calabresi, dove sorelle cambiali in protesto occupavano panche parlamentari intagliate di messaggi anacronistici scolpiti da colleghi perversi. Iscritti a sessioni accademiche in decomposizione. Maggio rivendicava la sua presenza e gli imminenti esami. Volevo accorciare l'attesa e non dover più guardare la testa pelata del mio insegnante di inglese. Mr G. B. Dold. Cariatide settantenne, zeppola boccale annessa. Nazionalismo a pelle. Critico letterario specializzato, alla ricerca di espedienti per facili guadagni. Sfornava costosi manuali monografici per l'indigena Peloritana editrice sulla demenza precoce che abbiamo imparato a memoria, io e un centinaio di altri cosmopoliti meridionali. Ingannati e speculati tentavamo spavaldi successioni carbonare, inculando senza pietà i diritti d'autore utilizzando le fotocopiatrice di via Cesare Battisti. Scoperti e sentenziati in flagranza, conquistavamo il diritto di iscrizione sul libro nero del despota, che ci rimandava a future sessioni di maggiore sensibilità economica.

20

Nel frattempo erano passati sei mesi e di certo non avrei rinunciato ad averlo a un metro di distanza, dietro la tarlata che nascondeva la sua miseria anatomica. Durante l'attesa, avvolgevo le orecchie con la cuffia stereo nelle notti siciliane pseudo-invernali, diventando paranoico con spremute in quattro quarti con le quali la musica psichedelica degli anni Settanta innaffiava il mio silenzio. Cominciai a girare per Messina da un'agenzia di viaggi all'altra. Anche la mia stanza era un'agenzia altamente specializzata. Monotema, Gran Bretagna. Le esigenze non collimavano mai con le offerte. Copertine allettanti mostravano ragazze di vent'anni dietro una massa di riccioli biondi, occhi azzurri e due grandi tette. Immagini perfette per le spiagge patinate di Giardini di Naxos. Ma dovevo raggiungere la Manica con il minore impiego dei fondi disponibili e all'epoca i martelli non avallavano i salvadanai. I prezzi delle riviste mostravano troppi zeri come la mia voglia di fermarmi a contarli. La mattina mi sorbivo quattro ore di discorsi impastati tra le fila di banconi nell'aula numero 8, assediato dalle risate a comando che le cambiali calabresi elargivano gratuitamente alle stronzate che Dold partoriva nel suo italiano giornalistico, stuprato e abbandonato nelle celle gesuite della sua infanzia.

Le ragazze in prima fila, minchia, sono sempre lì, lesbicavano parole assimilate, inviando segnali seminali per farsi notare ogni volta che la cariatide anglosassone grugniva asmatici sguardi di disapprovazione. Nel suo gergo da giornalista, come un profondo esperto di notizie locali, cercava il consenso delle sue preferite, alle quali offriva compromessi culturali con elogi e promettenti baci ... sulla fronte. Alcune di loro erano addirittura finite a casa sua nel tentativo di un personale approfondimento della lezione data quella mattina. E se il docente, appassionato fan della teologia carnale da contrapporre alla spiritualità, lanciando il suo grido di guerra ereditato dalle Highlands scozzesi, usava le sue articolazioni tattili per toccare le parti sode della devota tradizionale, il sacrificio umano garantiva il successo all'esame successivo.

Durante le quattro ore di inglese, veniva sempre fuori una pausa di riflessione. La usavo per provare a telefonare a Vincenzo. Non era mai a casa. Scolpiva il tempo nelle strade peloritane, seminando perplessità in chi aveva la fortuna di incontrarlo. Raramente riuscivo a beccarlo mentre girava la maniglia di casa sua e gli fissavo un appuntamento improvvisato all'uscita. Passeggiate solitarie per strada verso la stazione dei treni, dove i passeggeri cigolanti aspettavano noiosamente di essere distribuiti sulla riviera ionica. Chiuso nel suo ufficio decisionale, Vincenzo, nel frattempo, monopolizzava idee mutevoli per i suoi progetti di investimento. Ci incontravamo per caso, in qualsiasi giorno della settimana, senza una vera pianificazione precedente.

Proseguivamo spontaneamente il nostro discorso ininterrotto, riprendendolo logisticamente dal punto di interruzione della precedente confabulazione. Anche con me esternava soliloqui allucinogeni sebbene avessimo argomenti di interesse comune. L'Inghilterra era il suo trastullo d'infanzia da realizzare a qualsiasi prezzo. Non c'era un motivo da giustificare questa ansia di evasione, ma troppo spesso si spingeva oltre le barriere sociali per potersi accontentare dei cancelli di ferro della Città del Ragazzo che si specchiavano sui vetri della sua stanza. Via Pietro Novelli soffocava la sua oratoria progettuale. Il giornale che dovevamo fondare, il corso di grafica al centro, i pupi allegorici scarabocchiati che suonavano allegorie trilussiane, la sua personale rivoluzione mescolata all'ilarità sessuale del poeta Micio Tempo. Abbiamo parlato. No. Abbiamo discusso delle aspirazioni a caratteri cubitali da nipote d'arte. Il peso di una generazione. Non poteva firmare articoli denigratori nella stessa città in cui il nonno aveva defecato la cultura di quartiere messinese. Con lo stesso nome. Lo vidi spuntare dai clacson navali di Viale Boccetta. Il suo modo di camminare beffardo, i titoli dei giornali locali sotto il braccio e le idee che lievitavano nei suoi occhi. Mi mostrò la banale sufficienza di quelle produzioni rozze e gesticolava davanti alla mia indifferente curiosità il suo giornale "Smania". Sosteneva che fosse anche un po' mio, ma non credo che ne fosse convinto. Le sue parole erano informazioni che mi trasmetteva con l'entusiasmo di una matricola, cercando il

23

conforto dell'approvazione in quelle poche persone che zittivano ascoltando le sue eruzioni. Non trovavo niente di meglio che accontentarlo. Poi per esaltare la sua singolarità lo chiamavo Iena, il suo soprannome preferito con cui si annunciava. Sbatté le palpebre, euforico. Una risata e "gli prenderò il culo prima o poi". A tutti.

3

Polvere accumulata sui volti scolpiti dei maestri pupari. Manipolati dalle scelte, assecondavamo le sue direttive democratiche. Toccandoci testa a testa, abbiamo trasmesso impulsi unidirezionali. Su queste ceneri di marijuana aspirata sugli spalti, lucidò Orlando e Rinaldo, asciugandosi il sudore con lo stesso straccio. Lo trovai nell'atrio della facoltà, gesticolando la fame sessuale alle compagne di classe in attesa delle lezioni successive. Rallentai il passo per permettere ai miei pensieri di collegarlo a un ricordo. Meno di un mese prima, accozzati insieme come maiali, rispettavamo una fila di correttezza, aspettando il nostro turno per consegnare le ricevute in cambio di statini d'esame. La segreteria puzzava di carnalità e scambiavo sorrisi d'intento per assicurarmi che non fossi il tanfo espiatorio. Accaldati e stanchi, ci sfioravamo per necessità che per voglia di contatto. Non tutti però. Volti troppo plasmati da anni sospetti di studio si aggrappavano alla geometria invitante, sode e sensuali per non essere toccate.

Vincenzo apparve dopo pochi istanti sospetti. Dall'esplodente autodifesa naturale, angelici ingrati, armati di un'overdose di femminismo, lanciarono urla ribelli. Qualcuna, non soddisfatta dell'esito, aveva sparato alla mano morente. Dopo un rapido "che minchia cumminasti?", come a volermi riconoscere la responsabilità di quella confusione, puntò il suo periscopio nella mia direzione e godendosi l'insolito ruolo di spettatore, almeno per una volta, mi chiese i dettagli della diatriba. Dopo aver capito chi fosse la vittima, confusa e attratta allo stesso tempo, parafrasai l'imbarazzante episodio, continuamente interrotto dalla sua satirica superiorità. Troncai senza nesso i titoli di coda. Mi osservò per un attimo distratto, pensando più a se stesso, e mi vomitò l'idea di perfezionare l'arte della "toccata" di nascosto unendo la complicità con l'intenzione. Tecniche di caccia che avremmo messo in pratica nelle riserve pubbliche della monarchia britannica e scacciata dal vecchio continente.

Ancora una volta mi scrutò con un lieve sorriso leggendomi la monotonia del momento. Rallentò per un istante le sue idee, concedendomi quasi una pausa. La mia libertà di espressione che tenni nascosta nel mio egoismo di pura soddisfazione personale. Come tornare ai sedili neri e sporchi dei tradizionali convogli locali, che custodirono i sensibili commenti sui culi appiattiti tra i binari, troppo asimmetrici alle pagine da scrivere per inerzia di scialbe agende tenute chiuse. Non avrei ambito di meglio che tacere passivamente, nella rugiada appiccicosa di Villa Mazzini, distratto e assente tra i suoi "minchia, questa volta ...". e le manifestazioni sociali degli studenti assenteisti, impegnati a passare i loro minuti clandestini. La notizia della mia iscrizione al circolo culturale "Il Gabbiano", onorò la mia apatia e senza pronunciare una parola, diedi la mia disponibilità a restare a Messina quella sera per un primo incontro. Alla mensa dell'università fu risolto un problema di inedia impellente dopo una lunga processione di strette di mano e abbracci multinazionali. Greci, polacchi, napoletani e calabresi condivisero le nostre scelte culinarie insieme a clochard, artisti di strada, falsi invalidi, falsi tossicodipendenti e distributori di volantini. Più eravamo in questa fila disordinata di vassoi riciclati, più pensavo "questa volta me ne vado". Sono rimasto. Per sprecare parole sotto la galleria Vittorio Emanuele. Per lucidare il marmo graffiato cercando di renderlo più fluido. Contammo i soldi, mono metallici. Pochi, come il nostro entusiasmo. Ancora bambino. Giocammo a "monte" a volte infastiditi dal rumore dei tacchi delle segretarie d'ufficio in pausa. Nel silenzio di una falsa intesa abbiamo chiesto chi avrebbe spiccato il salto di qualità per primo, senza consultarci. Lotta di pensiero, arrendevole strategia di non intervento. Abbiamo difeso l'io privilegiato nel degrado sociale di caste insignificanti che avevano l'unico compito di aspettare. Lui, più convinto, è salito sul pulpito, troncando i tentativi di replica ai suoi versi afrodisiaci. Mi sono mescolato alla folla, lanciando gomene di salvataggio. I palmi cicatrizzati si arrendevano alle future disfatte. Obbiettivo, nascondere le proprie paure.

Un richiamo di terra matri invase la mia prolungata astinenza dalla vita di paese, per alcuni secondi. Ripresi la concentrazione e rivolsi un pensiero familiare all'oscurità della piazza. Una nuvola ipnotica di foglie di oleandro che frusciava avrebbe potuto chiudere le imposte alla sera. La saggezza popolare di Lucio avrebbe potuto spezzare l'apparente calma. In un allettante scambio folcloristico tra la persona espressamente ambiziosa che ero in quegli anni e le sue stagioni monotone di levate mattutine nei semplici doveri quotidiani, per soddisfare palati arroganti e gesti umani in contumacia. Gelataio per bisogno. Amico per devozione. I silenzi sferzati con intelligenza sensibile accarezzavano le giornate. La presunzione di appartenenza cadeva a terra come un cono gelato nelle mani di un bambino. Davanti ai suoi occhi in una vita da precoce lavoratore, ho cancellato le utopie lunari e mi sono rifugiato nella sua accogliente grotta durante le mie fughe sociali del fine settimana. Avrebbe potuto. Allora mi sarei sciolto in molecole vaganti per ricompormi al suo fianco. Avrei arato la telepatia della semplicità e avrei supplicato le sue inappellabili parole. I suoi antichi proverbi di verità anatomica convenzionale. Fari deboli di inizio serata ricollegarono alla mia mente il mio appuntamento poco

28

interessante e lentamente, mi resi conto del mio intangibile ritorno in Galleria.

Vincenzo, nel frattempo, si era segregato. Consapevolmente. Due ragazze delle superiori passate da lì per caso e da lui messe alle corde. Ho potuto ascoltare la parte finale della conversazione. La prossima settimana ci attendeva una festa d'addio. Così decisero e così fu fatto. Il "Gabbiano" era proprio dietro l'angolo. Una rampa di marmo e l'ufficio postale erano la meta finale del guado caronteo di viale Cavour. Svoltando a sinistra, ci fermammo un attimo a guardare la locandina del cinema Lux. 1984, romanzo futuristico di Orwell, plasmato nelle immagini del film. Per paura di una possibile delusione nella trasposizione, decidemmo di non vedere il film. Sorvolammo i ricordi critici del libro e, almeno per una volta, decidemmo di custodire le nostre idee. Senza contaminazioni inutili. Una presentazione flemmatica era davanti alla vetrina della libreria. Le frasi idiomatiche mi indicavano che non c'era provincialismo. "A iatta du furgiaru non si scanta di spisiddi". Pensai a Lucio. Fui attirato come quando frequentavo l'istituto commerciale di Furci Siculo, quando passare per crumiri o picchettare era la stessa cosa. Come quella sera. Un dovere licenzioso ci aveva scelti. Pronti a emanare odore di protagonismo. Tutti poeti esecrabili. Incompresi stupratori di emozioni in versi liberi. Scalatori esantematici di virtù letterarie nascoste. In mano l'arroganza del Premio Bancarella. Davanti solo una mera occasione di espressione. La proprietaria della libreria ci ricevette. Imbellettata mecenate dai sottili condizionali. Una domanda per ognuno di noi per rompere il ghiaccio. Vincenzo già signore del maniero. Lo vidi immergersi negli scaffali del primo piano. Mi sono unito a lui per sfuggire alla convenzionalità dei sorrisi muti. "Ho pensato a te", mi disse. Riconobbi il contenuto semantico di quelle parole. Il nostro vizio incurabile che esplodeva in quei luoghi. Malati di cleptomania della carta stampata, abbiamo arricchito le nostre biblioteche, approfittando della distratta disponibilità dei librai. Vincenzo sceglieva i titoli, mi consigliava quale letteratura fosse più pertinente al mio stato d'ispirazione. Questa volta mi dedicò Majakovskij. Raggiungemmo, o meglio la sapiente proprietaria con il suo seguito invase il nostro diritto alla cultura e fummo costretti ad abbandonare i nostri prelievi archeologici. Li seguimmo nella sala delle consultazioni. Seduti in cerchio, più adatti a un più modesto incontro collegiale, graffiammo dalla sua semina il contenuto ipocondriaco che ci sarebbe tornato utile. Senza alcuna nomina ufficiale, assunse il comando intriso di maestria chiaroveggente. Il magico vinile che ha tradotto le sue elegie fu il protagonista principale dei successivi simposi. Dall'Olimpo dei talent scout del servizio pubblico al servizio delle pari opportunità. Zeus clonato in una donna praticava la psicostasia. Eravamo pieni di stimoli critici, montammo sulla sua stadera, acconsentendo alle sue chiamate. Nelle due ore successive mi ero barricato con l'obiettivo di scartare frasi contrite. Presi la chitarra di Vincenzo, che lo seguiva ovunque, e strimpellai Is there anybody in there? dei Pink Floyd. Nessuno rispose. Meglio così. L'indifferenza generale evitò il disturbo di stringere patti diseducativi. Per quella prima sera. Almeno.

4

Lo sferzante venticello dello Stretto che esplorò le vie, sibilando sugli spigoli barocchi del Palazzo del Governo, contenne a fatica il nostro silenzio. Nettuno al centro del palazzo continuava a vegliare sul mare. Nessun saraceno temerario sfidò la traversata quella notte, per venire a cercare i volti televisivi che promettevano un'alternativa. Se così fosse stato, ci avrebbe trovato accovacciati ai piedi nudi del dio armato dal suo forcone. Delusi ed eccitati da una possibilità bruciata e dalla stupida convinzione, nascosta in ognuno di noi, di aver salvato i colpi migliori per una spoliazione di sapore diverso. Stavo rischiando di perdere l'ultimo treno per Taormina, così mi sono staccato da quella siesta fuori orario e constatato il desiderio del gruppo di congedarsi, cominciai a contare le mattonelle grigie di via Garibaldi fino alla stazione. Fu all'ennesimo balzo accelerante con il quale guadagnai spazio tra un marciapiede e l'altro, che una voce che conoscevo a memoria, bloccò la mia intenzione. Proprio quando innocentemente e speranzoso voltai il viso a sinistra pensando di imbattermi nel Gigante e nella Gigantessa, le due grandi statue simboli di Messina parcheggiate accanto al municipio, la mano gentile di

Vincenzo sancì la partenza del convoglio e il mio pernottamento in città. Proseguimmo ammutoliti dal vuoto mentale. Stanchi di aspettare un'altra bieca occasione di spontaneità. Lo guardai un attimo con la sua decisa andatura verso la gloria. Quasi fanciullesco. Lo immaginai a casa sua a dettare decisioni sui dubbi dell'ansia familiare. Sicuro, con strategie napoleoniche pronte per l'uso, in un contesto di moderne guerre puniche. Abitudini affettuose che si manifestavano in gesti esagerati che non ero in grado di fare miei.

Ogni incontro accidentale con la sua famiglia mi confondeva per i loro abbracci, la loro intimità, gli appuntamenti futuri, per il forzato desiderio di rassicurazione evitando celebrazioni inopportune. Ricordo lo sgomento di suo padre una sera d'estate. Bloccati da un controllo di carabinieri. In due sul motorino. Senza documenti. Citofonai per sdrammatizzare l'evento mentre Vincenzo era tenuto in ostaggio dal maresciallo. Cercai di velocizzare la descrizione dell'evento, tempestato dalle domande di quest'uomo in preda al panico, per me insensate, e compresi che il contatto con la legge non era ben accolto. Cercai di riassumere tutto in un banale caso di problemi di identità, che avrebbe concluso l'episodio con la solita paternale all'antica, insieme al "ppi sta vota..." della divisa graduata. Inutile perdita di tempo. Seguii a breve distanza quest'uomo sempre più in preda al panico. Quando arrivammo sulla scena, si rilassò

33

vedendo l'atmosfera amichevole che si era creata. Nonostante l'allarme del passato, il padre volle darci un estratto del manuale del "genitore perfetto", sottolineando l'ingenuità degli adolescenti. I carabinieri, distratti da altri blocchi di costume, finsero di controllare i documenti e chiusero il caso.

Rimasti soli senza interferenze e distacco ambiguo, mi raccontò della sedia scolastica lasciata cadere sulla testa di un professore e della sua passeggiata in Questura. Interdetto dalla scuola pubblica in attesa di processo. Sicuramente i dettagli del suo carattere mancavano in questa breve storia. Un altro modo di esprimersi volutamente modesto. Meglio di me, non so se nel modo giusto, vibrava dall'interno. Convinto delle sue idee personali. Il percorso obbligato dei nostri più frequenti incontri verbali, sapeva semplificare, un'applicazione formale dei suoi conseguenti risultati. La sua giovane età gli aveva impedito di sfidare la passività delle generazioni precedenti. Errato parlare fuori tempo. Doveroso attendere il segno di approvazione da parte degli esperti manipolatori del pensiero innovativo. Osservare e imparare a memoria gli interventi concordati. Tacere per non concedere vantaggi. Un giorno, senza preavviso, gli educatori si sarebbero tinti da ascoltatori. Quello sarebbe stato il momento. Ma la storia crollava su di noi e la nostra natura non troppo concedente ruppe gli indugi. Non avremmo potuto aspettare nessuno. Nessuno disposto a

34

dissiparsi con le parole. Il materiale era buono. Almeno per noi. In quel momento eravamo i nostri critici costruttivi più stimati. Soddisfatti da passaggi sgrammaticati che consumavano lentamente penne a sfera. Abbandonando frammenti di ciò che ci piaceva definire: sensibilità umana. Succhiata distrattamente da lettori occasionali. Accecati dalla discrezione. Come Nino, dattilografo acerbo, attratto dalla naturale confusione che pulsava nelle nostre vene intellettuali, trascorreva molti pomeriggi a casa di Vincenzo. Il rullare aritmetico che riempiva la stanza, ispirava un'assurdità, atipica di stranezza. Abbiamo dettato le interpretazioni in corsivo depositate sui righi paralleli dei nostri taccuini neri personali. Neri, come aveva suggerito una vecchia canzone di Roger Waters. Alla ricerca di una personalità perduta tra il desiderio represso di fuggire dal gregge e la sua ammaliante crescita tranquilla. Artisti sconosciuti strappati. Collezionisti di coscienza emotiva da coltivare. La voce preoccupata dai giudizi ipotetici opposti ai freddi gesti della mano che picchiettando tralasciava i commenti inutili. Non ci riconoscevamo. Mai. Tra quelle parole immature, scritte con impulsiva alienazione, abbiamo camuffato il nostro imbarazzo sociale, annegati nell'inchiostro. Assente correlazione. Bocconi di silenziose osservazioni. La stupida speranza dell'autocontrollo nel sostituire i gesti intimidatori del presente con le letture frettolose del futuro. Si continuava a scrivere, per qualsiasi motivo. L'apprendistato ortografico occupava le nostre serate a costo zero e avrebbe affinato i nostri stili personali che tentennavano, ispirati a muse inconsce. Meglio specchiarsi nei pensieri che tacere per sempre.

5

Una tavola da windsurf di una delle estati precoci sfiorò la mia testa, mentre risalivo dopo cinque secondi di apnea nell'oscurità del mar Ionio. Sorpreso, pensai che fosse un altro schiaffo del vento dello Stretto che soffia sulla nostra costa dall'alba al tramonto. Il profilo bianco di un surfista già a fine stagione e che mi chiedeva scusa, mi presentò Vincenzo. La seconda volta che lo incontrai, stavo parlando con una ragazza che era stata nella mia classe ai tempi del diploma, quando apparve in pantaloncini a quadri bianco e blu, una maglietta incolore con la scritta al centro "accura". Si annunciò suonando "Siam tre piccoli porcellin" con la sua armonica. La ragazza, disorientata da quel metro e sessanta di spontanea stravaganza, dimenticò quello che stavamo dicendo e cinque minuti dopo improvvisò versi grossolani da cantare insieme alla musica da taverna di Vincenzo. Ero appena stato ammesso, senza candidatura, al club estivo "monovani", quartiere ambito e frequentato durante l'estate per il periodo dei primordiali contatti etero, dopo aver partecipato ad una serata di focaccia messinese. Ci prendemmo il tempo necessario per vedere che stavamo parlando lo stesso gergo e mi annunciò il suo progetto di avviare una comune autofinanziata e occupare una fattoria a Montalbano Elicona. In un primo momento, non compresi la semplice natura di quella futuristica casa per le vacanze. Esitai, ipotizzando una delle sue precedenti esperienze con la droga o, più probabilmente, suo padre che lo avesse cacciato di casa, come aveva minacciato di fare da tempo. Mi sintonizzai sulle voci familiari del resto del gruppo. Noto opportunismo stagionale, mi invitarono a unirmi al divertimento. Senza altre cerimonie, mi portarono in spiaggia. Ci mettemmo a nostro agio laconicamente, senza un vero piano apparente. Intravidi i soliti ideogrammi diventare sagome tra le lingue di fuoco addomesticate e scambiai saluti con la mano con chi avvertì l'estraneità della mia presenza. Il patto concordato con Vincenzo era quello della caccia libera, facendo attenzione a non incrociarsi. Persi le tracce del suo biondo cenere, ma distinsi facilmente il fonema linguistico che dominava gli squittii. Affondai le mie tracce nella ghiaia e accettai il sorriso offertomi da una ragazza bruna. Già a gambe incrociate quando mi chiese di accomodarmi.

Romana. Anche lei. Abbronzata Valentina con una voce velata. Un momento. Poi solo idiomi capitolini. Dividemmo fette fredde di focaccia all'indivia come operai in pausa. Tutta la sera. Ospite di uno zio, tecnico del comune, sarebbe rimasta tutta l'estate. Non pretendevo di più. Più di ogni altra fonte di distratta emancipazione. Tornare tra i vivi e

38

dondolarsi tra le braccia della normalità. Normale. Come seguire i contorni rivelatori di una pubertà rovinata. Normale. Come il viavai lungo il lungomare estivo al ritmo di primordiali bisogni ormonali. Normale. Come le ansie intellettuali nascoste per mostrare un'adolescenza inesperta. Normale. Come la mia stanchezza di essere ... normale.

Dov'è il ritmo jazz dello xilofono delle tue parole? I profili abbronzati su cui sono scivolate le mie mani tremanti? Ho annullato la nostra crescente comunicazione solo dove regnava il silenzio, sul bivio di un contatto a pelle. Valentina rappresentò l'alternativa alla mia ipocrisia ribelle. Limitato. Da un gruppo sociale in cerca di cambiamento nelle promesse. Ho mentito sull'evidente voglia di essere coinvolto, semplicemente accettato. Sapeva come farmi piacere, nella mia emorragia emotiva. La mia mano ad avvolgerle i fianchi. Passeggiavamo oscillando lungo i marciapiedi di paese. Caldi e fumosi come l'indifferenza. Guardavo diretto alla nostra astinenza di responsabilità. Gli ultimi tocchi, prima di una partenza confusa, dove sono emerso per ritoccare quei momenti. Schegge di dura vita quotidiana. Dov'è il tuo sorriso che rifiutava le convenzioni astratte? Ci siamo incontrati, intimiditi dal tuo sguardo eletto. Con la tua selezione naturale, sono uscito indenne dalle prove erculee, prescelto da decisioni sublimi.
Mi sono vestito con travestimenti alienanti, per mescolarmi in valutazioni più semplificate della vita. Uniti a gruppi

stagionali che sanno metaforizzare le gocce saline nella sofferenza. Combattuto negli angoli sepolti del cervello, ho cercato di identificarmi, toccando tratti espressivi in cui riuscivo a riconoscermi. Ci sono riuscito, attratto dal riposo mentale. Corsi inseguendo risate delle estati successive. Spesso esplose nei fuochi d'artificio. Vittima e a volte carnefice nel Mar Ionio, sempre più freddo. Faceva parte del desiderio di uscire dalla noia sociale. Ho potuto rendermene conto incollandovi il nomignolo di giullare di corte, da temere o da stimare in situazioni alterne. Oppure tatuato con il marchio di saggezza prematura al quale ci si consulta per demolire i dubbi della crescita. Ho alternato la sequenza, aspettando tempi migliori. Godersi i momenti senza i dubbi del presente e senza ricordi, da scacciare nei momenti meno opportuni. Prudente, sono stato attento a non coinvolgerla completamente nei miei miraggi. Necessaria compagna provvisoria di pause di riflessione. Poche domande. Nessuna risposta. Forse sarebbe stato più logico, non sempre appropriato, rimanere sui ciottoli ardenti con i piedi nudi. Rincorrersi l'un l'altra, discutendo tra la polvere della diserzione. Sfuggire all'ultima chiamata della sensibilità degli eventi, implacabili e rassicuranti, impotenti sui tappetini consolanti, vivendo l'apprensione degli storici cronisti. L'invasione di attrazioni audaci, sotto il chiaro di luna delle barche a riposo. Scoprii nel silenzio il polo deviante che ti trasforma in un essere adulto e ti stacca dagli obblighi delle emozioni anticonformiste. Prigioniero delle

40

mitologiche sirene, avrei voluto unirmi all'era delle sfide, trasformando l'indignazione in succhi gastrici e rispondendo all'appello alla protesta.

Particelle di inerzia, scalfendo le teste di Pinocchio non mutate, che in serata tenevano udienza accomodate sulle sedie fuori dal bar Bertino. Abbiamo occupato, irrispettosamente e giustificati dal nostro amaro codice a barre, le zone franche e putride che erano state lasciate abbandonate. Abbiamo improvvisato come potenziali detentori di verità assolute. Io e Vincenzo. Con la mia agenda sporca in mani curiose, alla ricerca di risposte alle mie assenze. Leggevano i versi, attratti e incazzati, mentre l'arpeggio di Vincenzo liberava "La donna cannone" dalla chitarra. Ogni sera. Chiassosa e adulatrice, Valentina chiudeva gli spazi dei miei diverbi, concedendomi momenti frammentati di dolcezza romana. Guardavo Carmelo, introverso, fidato amico di madri mature. Le aiutava a fermare il tempo che si abbandonava nelle cavità epidermiche in tranquilla riluttanza. Finto assessore alla maturità precoce, distraeva il pubblico eccitato dall'attenzione di essere troppo prudente.

Nel frattempo, le ghiandole metaboliche esplosive assaporarono la brezza fraudolenta che tentava l'abbandono, soffocata da scrupoli esitanti per tradire una fiducia mai concordata. Dualismo. Conformista, come le scollature dissacranti delle madri cinquantenni, per uccidere il passato. Ingenuo, come i glutei sodi delle sedicenni a turbare le nostre

41

gambesgabello sulle quali si sedevano ridendo. La guerra generazionale tra madri e figlie, non più solo bambine, ci ha catturati nel mezzo. Tra pensieri circondati da rinvii e la cognizione di trasformazioni forzate che lentamente ci hanno garantito arringhe pompose, per coprire momenti libidinosi. Vincenzo poi, rompeva gli indugi. Nutriamoci ora senza riflettere, coltivando ribellioni da far esplodere sulle pagine bianche dei nostri capolavori letterari. Le masse potevano aspettare l'onda verbale che sarebbe caduta sulla loro follia. Pronti da sempre. Selezionati sin dai tempi della scuola. Diversi in una casta più nobile. Mescoliamoci con la marmaglia, fossilizzata nelle loro paure. È nostro dovere raccogliere lo sterco cerebrale da filtrare attraverso le nostre frasi idiomatiche. Portatori di alterazioni semantiche. Il genio si concede una licenza. Palpitiamo la sinuosità accecante su cui bruciammo le estati. Piromani pentiti nel caos confuso, dove potremmo perderci in un'identificazione personale indecisa. Combattuti tra la confusione e la banalità. Pensieri erranti, rilasciati e già repressi, nella repressione paranoica dello stato d'animo. Fate tacere quel rumore pungente della smerigliatrice, che ha levigato le mie esplosioni d'umore.

6

Continuavo distrattamente ad intagliare con eloquenza il banco parlamentare nell'aula magna. Stavo dando vita a un articolo sul disarmo nucleare. Ero stato ispirato la sera prima, quando seguivo la processione dell'8 dicembre con tremila devoti. La lezione predestinata sul misticismo che era la nostra iniziazione alla fratellanza di paese, ogni anno. Il convivio era fissato su tre gradini dell'ozio. In piazza. Lucio fece la sua comparsa. Da via Lamarmora. Percorse, alternando intermittenti cenni del capo con saluti guancia alla guancia, per i duecento metri che ci dividevano. Prese un fazzoletto di carta. Lo dispiegò con l'ascetismo convenzionale. Lo strofinò su un bisolo, prestando attenzione a non sedersi sul suo spolverino, si accomodò. Momenti muti di telestesia. Lo guardai come si guarda l'incomprensione. Le leccate di pecora insistenti modellavano i suoi capelli. I suoi baffi adulti congeniti, che si rifiutò di radersi. Per anni aveva promesso di farlo, in un'occasione epica. Nemmeno la conquista del pezzo di carta dell'Istituto Tecnico Commerciale di Furci Siculo era riuscito a convincerlo. Non l'aveva giudicata questa come un'occasione epica. Poteva essere una banale opportunità di ricatto sociale. La mano che spalanca le imposte. Il corpo denudato

43

dai suoi ruoli mai scelti. Rompere la pala da gelataio che gli aveva inciso le mani, nel virtuosismo delle creme refrigerate alle quali era stata venduta la sua infanzia e che proponeva all'afa conciliante dell'arroganza di paese. Lo guardai come quando si guarda con ammirazione. Il sarcasmo insistente era il suo monopolio verbale. Lo aspettavo nei falsi pomeriggi invernali, fuori dal bar Jolando, dove ci lassava u culu. Ogni pomeriggio. Dopo un pasto raggiante nell'umiltà della sua famiglia. Accanto persone umili. Come lui. Il fratello introverso, chiuso nel mondo bambino a cui Lucio aveva libero accesso. Suo padre, maestro barbiere. La sua fotocopia sbiadita all'età di settant'anni. Serate a suonare nella bottega senza clienti, trasformati in compagni di sbronze di vita che scivola addosso. L'agonizzante desiderio di cose migliori, cantando canzoni popolari in cui nessuno ricordava la poesia arrugginita del passato. La nonna materna. Comare Proverbio. Serrava le porte alla morte con aforismi popolari. Tramandati e inventati per uso personale e abuso. La filosofia nelle rime baciate per giustificare i conati di infanzia proibita. Decantata in sussurri che non spaventano più, per sfidare la consolatrice nera. Puttana vecchia nun si scanta di cazzi rrossi. Uno dei tanti proverbi che Lucio custodiva come un tesoro in uno scrigno da spolverare e aprire in occasioni, anch'esse epiche. Per chiudere le bocche sporche degli ipocondriaci locali. Lo aspettavo.
Sorridevo, silenziosamente origliando l'arzigogolo della sua intelligenza ingannevole. Subita e pretesa da coloro che lo

44

provocavano. Consapevole e rassegnato. Vittima designata di botta e risposta in vernacolo. Appagata in quei cinque minuti di evasione colloquiale, lontano da qualsiasi banale formalismo. Posava i suoi strumenti del mestiere, il grembiule un tempo bianco e, sornione con il suo registro ad anelli, sempre più pieno di annotazioni sull'umanità, mi precedeva verso casa. Un telo cerato, su cui aveva dipinto la sua fantasia nel corso degli anni, copriva i dossi sul tavolo al centro della stanza. Ci adagiavamo sopra i nostri studi sulla partita doppia. Improvvisavamo un pianobar di contrabbando al ritmo di Antonio e Marcello e demenza matematica degli Squallor. Niente avrebbe potuto mai coinvolgerci, a parte quei tre lucidi gradini barocchi, consumati da troppi anni di jeans indossati da pazzi ricercatori di espressione laica isolana. Dominavamo il passeggio della domenica sera e di tutte quelle occasioni votive in cui si riunivano grandi masse. Passi bizzarri seguirono melodie diverse, tra pause istintive e accelerazioni. Come sciami di formiche, trasmettevano costernazione sfiorandosi l'un l'altro. Provenienti da angoli bui del vivi e lascia vivere, si davano appuntamento ogni anno in quella piazza, defraudati da ricordi dimenticati sulle seggiole, mai realmente affidabili per i calci presi nel sedere nella fiera dell'ostentazione. Anche quella sera. Per non tradire le aspettative. Godemmo ancora di un brevissimo soffio, di quel brulicare imperturbabile, mentre i cattolici praticanti ondeggiavano tra le strade strette e alienate, alla ricerca di una linda interiorità. Poi, senza alcun segno premonitore, soffocò l'ultima tirata di sigaretta e andammo tutti alla celebrazione. Lenti movimenti articolari che ci condussero al centro storico San Giovanni, tappa accogliente della scena finale. Esplosioni assordanti per salutare l'icona errante, prima della giostra congedante dello sciccareddu che la folla ballava a ritmo della tarantella. Dopo, solo ceci tostati e arachidi da offrire ai volti assonnati. Lucio se li fece avvolgere in un cono di carta allo stand improvvisato di U Maestrittu, l'uomo dalla doppia vocazione che alternava pesce e scacciapensieri avvolti nella carta. Lo provocava con un trucco affettuoso di contrattazione al ribasso, non sapendo come sarebbe andata a finire. Un coraggioso "vattene" risolveva la questione. Non abbiamo mai smesso di cercare risposte tra le foglie secche delle nostre idee inespresse. Ammutoliti davanti alle grida di aiuto che filtravano le pareti divisorie nel nostro rifugio. Non abbiamo mai smesso di condannare le distanze dal modo prescritto di vivere tranquillamente. Accartocciati davanti a interpretazioni di funebri superstizioni, che hanno attaccato il nostro diritto di speculare su un'opinione. Non abbiamo mai smesso di censurare le voci fragorose della strada che attiravano l'attenzione distratta. Chiusi, in preservati privilegiati, di fronte a fobie mai scritte da tramandare alla prossima generazione. Rosari dai colori scintillanti, fuochi d'artificio piovuti sulla moltitudine, impreparata in attesa. Speranze che scrostano la noia in un turbinio di tempeste marine

46

invernali fuori controllo e la voglia, quasi necessità, di rivendicare un affidamento. Occhi radiosi dallo spettacolo che invoglia le critiche. La festa che appaga la fantasia dei bambini che vogliono ancora giocare. Professionisti di scambi sperimentali che interpretano un gesticolare che non ha bisogno di false decodificazioni. Accanto a persone miseramente riverenti, silenziose davanti alle evidenze, chiuse all'interno di bar fumosi dove si può ingoiare umiliazioni tra un sorso e l'altro, giocando a patruni e sutta. No. Non smetteremo mai di seppellire innumerevoli alternative finché qualcuno non ci donerà la sua saggezza del vivere. Alternativa. Alternativa ingannevole.

Il pezzo era finito. Proprio quando il gesuita di Liverpool ringraziò il misterioso benefattore che aveva gentilmente accettato l'invito della settimana precedente. Bulimia soddisfatta e repressa, acquistando e regalando al docente per devozione, l'ambita antenna parabolica richiesta durante una lezione. Un tocco di comunicazione internazionale nel suo appartamento a Venetico Marina. Ci guardammo intorno, con un'espressione più che evidente, di non cadere nella trappola rivelatrice dell'auto-accusa. "Ho la faccia di uno che ha comprato la sua laurea?" – sembrava che tutti in quell'aula ci ponessimo la domanda. Gli elogi e la nostalgia simile a un'etichetta del successivo esame di laurea, si trasformò in flagranza data per scontata. Mi ero lasciato alle spalle la mimica dell'operatore del centralino "tutto fare" che si stava divertendo sull'accaduto e, con il mio articolo tenuto nella borsa rossa, mi diressi verso l'editore di quartiere, che l'aveva commissionato. Il giornale locale era ambizioso, con il suo nome "Obiettivo". Il titolo dell'articolo era "Strada senza ritorno". Un nome dall'effetto sicuro. Ad accompagnare il manoscritto, avevo disegnato un viale rettilineo convergente al centro. Ai lati, alternati cipressi e missili nucleari. Mi accolse nel suo ufficio, un uomo colto di circa quarant'anni. Mentre leggeva a mente, focalizzai il carrarmato in miniatura sulla sua scrivania che arse la stanza, non solo la sua sigaretta. Dietro la schiena, una bella e tarlata bacheca raccoglieva anni di pazienza ed esaltazione accumulando modellini bellicosi, da esporre nei raduni. Nel frattempo, armato di una penna rossa indelebile, perfezionò i miei concetti, espressioni ingenuamente scritte nella mia pacifica giovane età. Quando me lo riconsegnò, ora perfetto, per riscriverlo in bella copia, ho percepito nel mio imbarazzo, che non fosse molto entusiasta. Mi guardò con lo sguardo di chi contempla un fallimento. Cercò di trasmettermi una solidarietà prudente, confidando nella mia capacità di guadagnare dall'esperienza. Dalla sua gesticolazione inflazionata, quel censore pentito capì che la nostra, anche se breve, collaborazione non avrebbe avuto un seguito.

48

7

Sono stato tolto dall'elenco dei trasgressori della pubblica decenza, i nomi sporchi dei terroristi che agiscono alle spalle. Orgoglio disinibito contenuto nell'agenda di finta pelle. Aperta non in ordine cronologico. Abbandonata sul tappeto del nostro luogo d'incontro. Una finestra di forma ovale si affacciava sulla strada. Fingendo di guardarlo, ho consumato inchiostro nero su quelle pagine datate. Vincenzo giocava agli indiani tra le poltrone, sparando frecce piene di noia. Forse mancava la stimolazione. Abbiamo evitato il contatto. Avevamo cercato di trasformare i baccanali poetici in qualcosa di più emotivo. Spostando le sede delle riunioni a casa di Vincenzo, ci siamo illusi di staccarci, con presunzione autodidatta da qualsiasi condizionamento da parte della libraia. L'esperimento fallì. Vincenzo fu sorpreso un paio di volte a comporre versi sulla schiena di Simona. Studentessa e poetessa con la mania di "wow, bello", ogni volta che qualcuno dei recitanti cercava l'approvazione critica. Claudio. Gramsci a vent'anni con un pizzetto non curato. Si mostrava sempre con le maniche corte. Ritrattista. Il Che ci fumava addosso, rifugiato occasionale al centro della sua maglietta verde militare. Lo stesso paio di jeans sbiaditi.

Cantò versi in stile Neruda, spandendosi per la più bella del reame. Una ragazza che si era unita al gruppo, in cerca di una platea dove osteggiare occhi di cerbiatta in un corpo esile che mostrava di frequente con i suoi esercizi ginnici, degni di una contorsionista. Una sera, Claudio passò dalle parole sovversive del guerriero pro cubano a una stravagante dimostrazione di un dannato poeta, leggendo ad alta voce il testamento ideologico del Che. In un incompatibile tentativo di analizzare dentro di sé, la chiara differenza tra coloro che combattono le guerre per minare la libertà di una popolazione e l'uso delle armi per garantire la pace, scoprì un denominatore comune tra conformità confusa e la morte, un'effigie impercettibile e antiquata del mito di chi si veste da sanguinario. Gettò da parte il libro rivelatore e prese carta e penna, disturbato dal silenzio invasivo che il resto del gruppo emanava. La sua mano veloce diede alla luce un'ode davanti all'impassibilità della sua amata. Francesca. Le offrì il foglio della disperazione, insieme a una richiesta di comprensione, qualcosa che la vita gli aveva negato. Fingendo di essere sorpresa, la ragazza addolcì la sua eccentricità e lesse. Rassegnata. Fu in quel momento di modesta estasi, che Claudio diede fuoco alla sua composizione, provocando l'ira funesta di Vincenzo. Spaventata da questo gesto delirante e inaspettato, Francesca da quella sera in poi, preferì non tornare. Come previsto anche "il secondo piccione, tentato dalla fava", si tolse dai coglioni.

50

Cambiare. Spogliarsi di cose che divorano il tempo. Niente più palle al piede che tirano lentamente verso l'abnegazione, rimandando la corsa. Niente più cervelli squamati che annientano il desiderio di distruggere il formalismo. Basta scelte di abbandono che isolano mutazioni verbali che assemblano sordi, pervertiti di mutismo. Basta evadere l'individualità delle persone smarrite in dissolvenza in sanatori che sono contenitori di moralità. È tempo di riscrivere la storia, lasciando la fantasia alle fiabe per i bambini. Ora ha perso tutto il suo valore. Ora fa più male del silenzio. Giorni di respiro. La penna è sempre al suo posto. Inibita a lungo. L'avrei ancora lasciata nel vecchio portapenne sulla scrivania. Ma è saltata tra le mie dita e adesso rapidamente macchia la carta. C'è ancora qualcosa in me da raccontare. Senza fiato, seguendo gli ordini della mia mano, cerco di spiegarmi cosa sta trasmettendo il mio cervello. Osservo la penombra intorno ai miei tentativi. Seduto al centro di arroganti lavaggi del cervello, osservo fotogrammi che corrono lentamente. Tra i due tempi della proiezione, ascolto giudizi comprometttenti. Pazzo nelle mie esplorazioni verbali, mi dissolvo nell'assurdo e penso. Penso, penso. Come non avrei mai potuto. Tra le suppliche di chiacchiere rassicuranti, mi siedo sulla stessa vecchia sedia. Protetto dalla mia mente che mi restituisce un vecchio incubo. Una scena che ha filtrato i miei pensieri. Un'altra storia, illegittima figlia della fantasia. Disperazione, in pubblica piazza. Creazioni ammassate da fili di pensiero di innumerevoli logiche. Le ho attratte con il tanfo equilibrato di analisi costruttiva. Non ci è voluto molto. Nome estratto dal dominio pubblico. La morale comparata alla bestemmia, dopo essere scivolata dalla mia bocca. È la stessa, rinnovata in priorità riflessiva, se pronunciata dalla persona che ho animato. Con idee confuse, mi hanno chiesto di continuare la storia. Non sono stato in grado di resistere. Appartenendo al nostro contesto sociale personale. Senza scelta, confidando nei nostri ponti di comunicazione. Alcuni probabili interlocutori ai quali far arrivare il messaggio, di fronte al bivio dell'astrazione. Potremmo confonderci nel gruppo o far saltare in aria i ponti. Qualcuno, tuttavia, applica le regole, trasformandoci in una macchina vincolante. Movimento perpetuo verso il nulla. Siamo avvocati, politici, uomini, bambini, donne, madri, padri, lavoratori, ubriachi, sobri, omosessuali, prostitute, emancipati, frustrati, stronzi, codardi, soldati, morti viventi, sognatori... Noi siamo LA SOCIETÀ.

Compiti preordinati in attesa della ricompensa. Il subconscio domina gli istinti. Non aggredite l'equilibrio con i soliti tentativi di evoluzione, che sono davvero astratti. Potremmo eliminare i dubbi, confidando nelle scelte fatte dai nostri predecessori. Con volti soddisfatti e soddisfacenti, nella tranquillità quotidiana. In condizionamento provvidenziale che limita l'esposizione con esigenze mistificate soddisfatte. Qualcuno andrà sacrificato. Ciò si ripeterà con crisi identitarie: nascita, infanzia, pubertà, sogni, apprendistato, prima volta, lavoro, uniformità, voglia di dissolversi, attesa. Morte. Potremmo anche trapiantare il nostro invidiabile trono di false speranze, in qualcosa di più irreale. Lasciare agli altri la filosofia del perché, affidandoci alla retorica, segnata dall'anarchia. Scacciatori di contaminazione ideologica, tentati da strade divise, alla ricerca di nuovi criteri di valutazione umana. Uomini, senza aspettare, si sono raggruppati in due distinte caste di potere: Utopia del Bene e Utopia del Male. Minuziosamente descritte nelle modulazioni scolastiche della storia, ho assaporato il gusto di mescere la loro ambiguità. Genocidio e non violenza a braccetto in una dimostrazione anormale della follia umana. Uniti. Nei tumulti pragmatici del corso della Storia. Seguaci opportunisti di un'etica morale. Condannatemi, per impudente latrocinio dei sogni degli altri. Esiliatemi. Dove le parole non possono più far male. E racconterò del mio delirio, colmando con illusioni la plastica dal cuore d'inchiostro.

8

Un carattere cubitale scuote la notte della mia ingenuità. Identifico i punti cardinali da cui ripartire dopo le soste di autonomia che mi sono consentite. Quando lo farò, non sarò più solo. Per un istante voglio perdermi sui piani neri dell'inesperienza. Solo. Strappandomi le unghie dalle sbarre che mi racchiudono crudelmente. Non più libera espressione del controllo. Polvere negli interstizi che ci contraddistinguono. Tocco quel senso di freddo che assorda le guglie mozzate. Non avrei più tempo, se l'avessi mai cercato, di recitarmi il dovuto come richiede la circostanza. Sottratto dagli obblighi impudenti che mi distraggono. Solo una mano, solcata dal fluido corrosivo dell'amarezza, s'inerpica tra le insolenze, staccate ormai dalla pelle. Ricollego i fili abbandonati delle mie facoltà. Per un istante voglio solo ascoltare. Inghiottire una sana omelia paternale. Ricevere passivamente stantie cautele d'ammonimento. Messo in discussione, già nei proemi. Invitato a una selezione che preclude le iniziative, era giunto il momento, rinnegando le sfide accettate, di rendere il linguaggio più sofisticato. Chi avrebbe deciso i tempi e chi l'avrebbe fatto nel prossimo futuro? Le risposte che caddero su di me, spesso,

54

anticiparono le mie preoccupazioni impazienti. Tormentato da impulsi risoluti, mi sono perso nella selva radiosa di Vincenzo. Mi trasmise le novità, impegnato a liberare la vescica nell'atrio riservato di un portone imprudentemente lasciato spalancato. Mi indicò la cartella del progetto, l'adattamento più recente della sua idea personale diventata più professionale che, nel perfetto manuale del venditore di fumo avrebbe fatto la differenza. Al momento giusto. Con le mani ancora occupate nella delicata fase dello scrollamento, mi rivelò con mimiche di alta considerazione e di generoso privilegio, i passaggi segreti dei suoi documenti. Spiegazzati fogli geniali ricomponevano la strategia che avrebbe sconfitto la diffidenza. Occorreva però scrollarsi di mente le gocce su un terreno arido, collezionista di scarti di produzione. Uno schema di pagina stravagante non completata scivolò dalla cartella intitolata "Querelle", il titolo definitivo del nostro giornale. Da quel momento in poi si sarebbe trattato soltanto di una questione economica. La necessità di trovare un padrino letterario che avrebbe finanziato l'estro. Troppo a lungo incagliato sulle coste sterili della scuola di pensiero, dove proporre se stessi troppo spesso rimaneva una distinzione facoltativa. Un'intera città con confini provinciali, di cui rappresentavo la connessione, attendeva da anni un modo più giusto di descrivere i suoi eventi. L'antica città di Zancle si stava preparando a riceverci nei suoi ingorghi alfabetici, disposta a recuperare il suo divario socio-culturale, essendo classificata per anni come una stupida città di provincia. Fili di rame intrecciati erano attraversati da impulsi elettrici di dubbia efficienza. Scioccavano il mio letargo. Impotente di fronte a una tale padronanza allucinatoria, sapevo che era il momento di rischiare qualcosa. Non ne riconoscevo la natura, nascondendomi dietro la mia apatia decisionale a cui preferivo obbedire. Era nell'aria che inalavo mentre lasciavo le mie tracce sul sentiero. Deposte su strade sterrate, irrigate dalla salsedine errante, tra l'agonia di un sorso di durezza e un ramo spezzato.

Siamo sempre in attesa di qualcosa. Un riconoscimento dell'idea del giusto che regola le scelte. Sugli antiquati ripiani polverosi, tra salubri accorgimenti, si nascondono le intenzioni che ci guardano dentro. Presuntuosi e pretenziosi, accettiamo ipotesi di consolazione. È difficile la preselezione. Notiamo un rifiuto delle informazioni che tocca realtà scomode, insultando l'enfasi sulla superbia. Dalle tentazioni morbide a cui cerchiamo uscite improbabili dall'ombra. Con una comoda riluttanza a non essere più in grado di nasconderci. Negli archivi immortali che raccolgono dottrine parassite. Scremando la vita sotterranea, nel contatto segreto arcaico di una dimensione protetta. Apriamo buste dei giudici che ci criticano, annusando l'antrace compromettente attraverso maschere occultatrici. Lucio avrebbe suggerito: U cazzu n'to to culu ppi mia è un filu i capiddi, in altre parole, non è grosso se non è un mio problema. Ma ero più vicino a Capo Peloro che alla Torre

56

Saracena del Capo Alì per invocare sciarade moraliste. Stavolta si faceva sul serio, disposti a qualsiasi conseguenza. Presa in considerazione. O no. Provai una sensazione di impatto malinconico attraversando il corridoio sulfureo. Nello scroscio ghiaioso che interruppe gli sguardi. Armato della mia impertinenza e di un nauseante controllo dell'espressione, non volevo essere costretto a pronunciare alcuna parola. Irritante. Più retorica da raccogliere nel divertimento generale. Di poca intelligenza. Un sedato senso di vuoto da curare con una simulazione che scuote silenziosamente un letargo di anni di tacito assenso. Scrivanie metaforiche offuscate da raggi filtrati. Volti distrutti da cenni persuasivi di gesti accomodanti, mescolando relazioni sociali di convenienza. Ci si poteva sporgere con tracotanza da matricola per raggiungere i più lontani confini tracciati dai giullari di corte. Scivolare sulle briciole orientanti, chinandosi cerimonialmente sugli affidamenti che avrebbero controllato gli istinti e che avrebbero potuto compromettere la libertà di parola. Era imperativo avere un perfezionismo sconcertante. Nemmeno una traccia di riservatezza tra un'osservazione e l'altra. Immaginavo l'incontro con un tizio vestito di un gessato, adagiato su una poltrona con effetti acustici di dubbia origine anale, causando imbarazzo. Un chiaroscuro per confondere il contorno.

Mogano lucido su cui poggiare i gomiti annoiati. Le suppellettili che avevo sbirciato da inquadrature distratte televisive nei misteriosi uffici dei mostri sacri dell'intelletto. La schizofrenia geometrica del posizionamento degli oggetti immacolati, mostrando teoremi di gusto da abbinare alla moda del momento. C'era anche una stanza d'ingresso. Sorvegliata dalla sinuosa laccata della segretaria, immancabile in questi casi. Fummo costretti a rimandare la presentazione rituale a un altro momento di distensione, con messaggi visivi ci comunicammo la necessità di un ulteriore approfondimento per quel rapido incontro. Gli sguardi diplomatici richiamarono più attenzione e ci spinsero con più audacia verso quell'obiettivo mai firmato, che era diventato obbligatorio. L'uomo vestito in gessato era lì. Come da copione. Una faccia pulita. Propose un esame orale che avrebbe preceduto lo scritto. Quella volta senza nemmeno essere iscritti alla sessione d'esame. Titoli di riconoscimento di gesti politici interpretabili, appesi ai muri in ordine sparso, provocarono la mia alienazione. Mandai con prudenza Vincenzo avanti. Come si fa con gli spregiudicati. Ricco di entusiasmo, più qualificato in queste occasioni, con il loro consenso, la mia parte rimase solo quella di uno spettatore. Era sicuro di sé stesso e mi sembrò che tutto fosse già avvenuto in un recente passato, di cui non mi aveva parlato per motivi oscuri. La cera magica sulla quale scivolare sembrava essere manipolata dalle mani caotiche. Pagine di supposizioni logiche guizzarono dal dossier del nostro futuro, valorizzando il dinamismo verbale di quella scrivania, troppo offuscata da ragioni di stato vittimizzate. Di fronte a

58

quella pseudo assemblea giacobina, dove gli attori dell'ordine costituito attaccati irrispettosamente da un giudice senza incertezze e che non riuscivano a trovare alibi, il nostro padrino agiva con divertita fermezza, la sua mano saggia sulla vignetta sarcastica del "Consiglio Ormonale". La stampa satirica raffigurava il consiglio comunale riunito attorno a una tavola rotonda, indossando intenzionalmente giubbotti e coppola di velluto a coste. Per rendere più ovvio il messaggio, un fucile a canna doppia era sulla spalla di ogni componente. Al centro del tavolo, il Sindaco incaricato, paternamente e con soddisfazione tangibile, pronunciava le parole: MINCHIA.. IN BUONA SOSTANZA, POSSO DIRE CHE LA MAFIA NON ESISTE A MESSINA". La divertente pausa, resa più preziosa dalla scecchigna risata, ci informò che il nostro protettore in quel momento non aveva alcun ruolo ufficiale nel consiglio comunale. Circostanze favorevoli di digiuno persistente. Quasi santificato dalla proverbiale prudenza siciliana. Essere lì per soddisfare il desiderio di colpire ciecamente il nemico, non più con la devastazione, ma con le parole. Perché acconsentire a una risposta, a volte, potrebbe essere autolesionista. Svegliare un rivale addormentato per una tentazione più forte di conoscerti meglio, in un passato quasi certamente non contaminato. Senza particolari complicazioni che hanno diminuito le credenziali conquistate, tra il mito del figlio d'arte e l'allegoria dell'immagine creata, da proteggere dall'oscuramento. Avevamo deciso, senza alcuna opportuna esitazione, di improvvisarci come mediatori del pubblico arbitrio. Un rispetto riverente verso noi stessi e la nostra vita. Soggiogato dal compromesso storico di "salviamo il salvabile" e, se fosse possibile, a partire dal nostro stesso culo.

Questo significava strisciare tra insipide spine di informazione di partito e il margine, appena visibile ma confortante, di autonomia ideologica. Ci siamo aggrappati a questa congettura di non gridare per un gesto, che sicuramente ci avrebbe strappato dal seno rassicurante del genio prudente della nostra crittografia ingenua, in cui avevamo trovato rifugio fino a quel momento. E poi, a proposito di seni, la segretaria meritava davvero un nuovo approfondito incontro. Almeno in questo, eravamo d'accordo, nei dieci minuti concessi dal patron rivoluzionario degli artisti, prima di firmare la clausola che riguardava il parto giornalistico.

9

Una Ford ammaccata. Colore carta da zucchero metallizzata. La nostra conferenza era terminata, inutile rimanere a discutere dettagli che avremmo potuto analizzare in seguito, con un margine più ampio di intesa. Superammo l'ultima stazione di servizio della rampa di accesso a Tremestieri, poco prima dell'ingresso sull'autostrada Messina-Catania. Senza commenti. "Passamu i sutta?" – dove "sutta" intendeva la strada statale che attraversava i paesi della riviera jonica. Fu il contatto in vernacolo con il mio autista personale, che era stato generosamente offerto per l'occasione dal benefattore politico. Viveva in un paese della provincia. Vicino al mio. Cercai inutilmente di farmi catturare dal silenzio dell'auto in corsa, cercando di leggergli sul volto una stanchezza reciproca da smaltire. Ma iniziò una descrizione rispettosa e servile del suo padre putativo, probabilmente scelto dopo anni di ricerca di un'adozione nella politica satura dell'isola. Faceva parte di quel gruppo che cresce dietro il parente di esperienza che lo aveva preceduto negli anni precedenti. Possessore delle strategie intangibili da tramandare ai posteri di famiglia, temendo di disperdere il lavoro condotto nel tempo ad assecondare il personaggio politico scelto. L'autista avveduto si era aggrappato al nuovo emergente, carente di fiducia umana, per mediare la rara merce del baratto venale. L'iscrizione all'ufficio di disoccupazione era stata una garanzia di tempo libero da dedicare alla causa. Buona. Forse, solo necessaria. Pause di testimonianze ben nascoste alla coscienza fluttuavano in quel percorso: tentativo di convincermi smussando con i sermoni la mia evidente rottura di coglioni, tra gli oneri morali nostalgici e la mia, non più solo paura, di contaminarmi anch'io con le impronte dell'uomo di potere in gessato, saggiamente calpestate. Ermes con le ali bruciate. Il sole a riposo dietro l'Etna. Nei pressi di Gampilieri, impersonando il sacrificato retorico del mondo, mi chiese se avessi mangiato. Riuscii a trasmettere, ruttando la mia sazietà che aveva raggiunto il suo limite, grazie ai suoi logorroici discorsi, iniziati a Messina e non era ancora finiti. A lubrificare ulteriormente la noia fu la pioggia leggera che cominciò a cadere e il cartello: BENVENUTI A SCALETTA ZANCLEA. Senza paura, con oratoria appassionata, decantò le lodi dell'uomo di potere che si era guadagnato il titolo di uomo fatto da sé. Un altro masturbatore masochista. Nessuna posizione anatomica avrebbe mai offerto riparo alla monotonia del suo essere così determinato. Per nascondersi dietro parole che si intrecciano tra lusinghe in dialetto e quel dannato bisogno di predicare in italiano, non provocò in me la stessa esaltazione per aver abdicato al ruolo di esecutore degli ordini.

62

All'ingresso del vecchio cinema nella periferia del paese che poteva essere raggiunto a piedi, misurando i ponti sui torrenti stanchi di essere asciutti, o sfidando ciottoli impegnativi sparsi nella polvere che evapora le fantomatiche piene dell'inverno. In tasca collette di risparmi. Ricordai a memoria i manifesti cinematografici di moderni film censurati in 8 millimetri. Ci nascondevamo tra le giacche degli adulti dai volti rugosi, soddisfatti di guadagni senza scrupoli, ci travestivamo da bigliettai. Tredici anni, la curiosità che si riversò nei fumetti che ci scambiammo con diffidenza. E la dimostrazione visiva sullo schermo che annunciava la fine del cinema italiano. La presenza della maschera, con la sua esperienza ci sorprendeva, oscurando con la torcia un lusinghiero consenso. "Vi state facendo venire i calli alle mani!" L'unica umiliazione pubblica, assorbita da chi in quegli anni si masturbava. Interpretavano il ruolo degli insegnanti delle nostre ghiandole da svuotare, fingevano di rivalutare lo spreco quotidiano di dottrine selettive con cui ammanettarci in perpetuo isolamento nell'attesa di un processo. Questo autista politicizzato forse non era che uno di loro. Maturato in atteggiamenti ossequiosi e false testimonianze. Scappellandosi e ringraziando per una carriera conquistata e stringendo le mani degli altezzosi per il successo conseguito. Per venti minuti mi aveva scassato la minchia con i mancati riconoscimenti non ancora ricevuti. Parlò del suo prezioso salvatore al quale mi sentivo già assoggettato in cambio di una facoltà di pensiero non molto chiara. Una parcella morale da pagare per il suo disinteressato intervento, prima o poi, ci sarebbe stata recapitata. Nel frattempo, per allontanarmi da tutto questo, mi costrinsi mentalmente a guardare il suo piede negligente sull'acceleratore. Pensai per un attimo alle Terme di Alì, sperando nella comparsa della polizia della vicina stazione che, armata di spontanea solidarietà, sarebbe venuta a prenderlo e avrebbe buttato via la chiave. Il portone della caserma rimase chiuso. Proprio come la mia bocca. Mi feci lasciare in piazza, solito luogo di arrivo e partenza delle mie immigrazioni. Attesi che la macchina scomparisse. Spurgato di viscida repulsione, mi adagiai sui tre gradini del misticismo. Poi, di fronte all'orizzonte, che aveva inghiottito il buon samaritano, gli dedicai un sentito "a rumpiti u culu". "Con chi ce l'hai?" Lucio si avvicinò ridendo. Questa volta, solo con me stesso.

10

Mani incrociate. I politici stanchi rimasti soli a fare la guerra. Le sfere illuminate e afone si riflettono sul marciapiede deformato e lasciato a riposare nella notte. Ammicco la mia voglia di una tregua. Cerco nel fruscio delle parole inutili ringhiere di gambe penzolanti. Complici di astersioni che sono state dispensate negandomi prove di un imminente tracollo, raccolgo carità di una semplicità demolita. Con fatica. Uno stridere d'innata sciatteria taglia gli artigli tormentati. Non distinguo più il colore del nemico. Qualcuno farà il percorso inverso, una volta tanto. Traccerà il mio profilo, con falsa comunanza. Da una posizione subordinata, sarò schiacciato dalla reazione ribelle della mia nuda discrezione. Chiedo una risposta che mi contraddica per sempre. Nemmeno molto facile, ammettendolo.

Sentivo la mancanza dei passi lenti che insudiciano le pagine di volantini, estratti da frantoi raffinati da coloro che hanno già fatto le loro differenze. Dopo l'accozzaglia di emozioni degli ultimi giorni, avevo solo bisogno di aumentare il divario dalla strada su cui avevo programmato di interpretare il protagonista. Pazientare nel decidere le prime mosse. Annusare trappole che distolgono. Dedicarmi ad argomenti meno impegnativi. Dove giaciglio migliore, se non l'apatia di paese, adagiare le dita infettate da ozio creativo. Mi affidai alla cartilagine infiammata dai complimenti di seconda mano, con cui delegare agli altri il ricamo sociale di una vita tranquilla. All'ombra di obblighi pragmatici, mi sono difeso dalla richiesta di commenti su ciò in cui ero coinvolto. Condivisi per qualche ora, quella notte ormai padrona dei miei pensieri, con i rimorsi che si trascinavo senza tempo, alla ricerca di un oblio rispettoso. Accanto a me, la stanchezza muscolare di Lucio, che traspariva dal fumo viola di sigaretta che lentamente ridimensionò la mia mancanza di comunicazione. Mentre la solitudine si era ricomposta sui passi rapidi di chi cercava sé stesso. Speranza che esplodeva dall'interno, modesta e taciturna, da decorazioni visive dimenticate di non ritorno. Un saluto perso nel vuoto di un sorriso spontaneo che ho cancellato come un'idea, ci è stato offerto in cambio di ingratitudine accumulata. Ntonio senza chiedere un compenso, emanò una ventata di vita che aspiravo a giudicare. Le boccate del suo sigaro, silenziose come l'orgoglio, sapientemente conservato nell'animo del suo passato accessibile, scivolarono giù provocando sguardi di fraintendimento volutamente desiderato. Ntonio e le sue intoccabili passeggiate quotidiane in piazza. Gli occhi chinati ad evitare disturbi, fissi un metro davanti alle sue scarpe. Guardarlo con ironia e illudersi di essere aggrappati a un'esistenza più appagante. Ntonio. Ti fossi seduto anche tu sul metallo freddo di quella segregazione premeditata.

66

Tradito dalla meschinità di una presunzione veggente, sarei rimasto apprendista a contare la tua saggezza. Avrei implorato le tue parole che non hai mai pronunciato, mettendole sulla carta, foggiando la storia di un uomo. Borioso in un mondo di adulti. Diciotto anni e il mio ritrovato "mondo" tenuto nelle mie mani. Senza tempo. Fuggii i tuoi richiami, seguendo seducenti tentazioni. Senza pause di meditazione. Insaccato in viscere depravate di commenti, dove il compito delle risposte venne utilizzato per qualsiasi situazione, per ogni opportunità di scappare lentamente dalla realtà. Senza riti di condanna. Ho superato il confine che mi separava dall'accedere alla considerazione, ogni volta che evitavo la minaccia di rinviare il panegirico coltivato negli anni delle bocche serrate per opportunismo. Potevo scavalcare oltre gli ostacoli di un'erudizione programmata con la mia personale libertà di parola. Ricamare monosillabi da oltraggiare, mescolandoli con motti letterari, in esclusive rivoluzioni sintattiche. Ogni volta che chiudevo le porte alle appartenenze sociali, ho fatto della negligenza la mia legge di vita. La mia. Potevo in qualsiasi momento cercare rifugio, ancora disponibile, in un metro quadrato di antichità cronica. Sfiorare indegnamente i volti di chi per lungo tempo non ha fatto più domande e nel delirio sgrammaticato, scrivere le risposte. Così ho seguito quei passi tolleranti, come atteggiamento sbruffone. Musicando con parole viscerali la sua interiore brama di vita. In attesa di altri profeti di umiltà, su cui appuntare le mie trame. Nelle lunghe passeggiate del mio occultamento, quando nei momenti di presa di posizione potevo decidere se accettare gli onori delle armi, sapevo bene come mimetizzarmi. Alla ricerca di messaggi di opinione, una volta ricevuti, ho scollegato qualsiasi segno superfluo di accordo.

Una prevaricazione insistente in reazione alle esortazioni sempre più assidue della partecipazione costruttiva. E quando, investito da noiose iniziative che riflettevano sulla immoralità del talento per incrociare le macchine del progresso verbale, la mia ambizione mascherata da obbligo di cronaca, smontava ogni tentativo di coniugazione verbale. Dotarsi di maschere anti plagio, prima che le parole si sbriciolino sui tavoli da bar. Il minimo che si possa fare. Le ho raccolte per la futura filtrazione. Messe via senza ordine, mentre interlocutori di passaggio gocciolavano sentimenti prosciugati, che ero ostinatamente legato a catalogare. Quando poi, la dialettica mi ha annerito le dita tremanti e i miei pensieri già scritti scorrevano via dagli anacronismi censurati, ho preferito abbandonare le mie inclinazioni innate e vagare tra l'ignoranza. Avrei potuto riempire colonne informative con capitoli della tua vita. Ntonio. Ma ho bruciato le imperfezioni della pelle per trapiantare nel DNA espressivo argomenti speculativi. Sarebbe bastato invece analizzare con più cura, lasciandosi alle spalle commenti di superiorità, la vita moderna quotidiana che la frugalità di una persona anonima simboleggia. Triturare il dato per scontato e crearne un'opera letteraria. Ma ho abbandonato la

68

ruggine di quella piazza per alzarmi e assistere a una viscida scia di insulti, gettati dalle finestre, per adornare gli angoli delle strade. Concedendomi l'abuso di giudizi rapidi che ho toccato con le dita nascoste nelle mie tasche, non sarei rimasto all'ombra nelle sale, per confondere lineamenti deformati e deviati. Non solo miei. Mi sono esposto oltre i limiti. Carta, macchiata di impronte trasparenti, confidava nella mia bizzarra illuminazione. Scioccante e ora matura al servizio dell'informazione. Ho rosicchiato la durezza di quella panchina per una settimana prima di trovare una scusa per l'inerzia volontaria. Lucio si è assunto la responsabilità di coordinare i silenzi amalgamanti, durante le serate di condizionamenti verbali. Le ore di luce solare, abbondanti in quel periodo, furono utili per contrastare l'ostinazione della censura. Fogli digiuni fomentati da ricerche formali maniacali, si sovrapposero ai sensi di colpa manifestati. Il crocevia ideologico, tra prendere decisioni in sequenze cronologiche, evidenziate nel giallo appassito delle menti distratte, e lasciare nell'indifferenza madida e bianca, i dilemmi opportunistici per tacere, fu per quei pochi giorni il mio dovere mondano. Lucio svolse nel migliore dei modi il suo ruolo di rivale, evitando i monologhi dei nostri scambi confessionali. Ci siamo trovati persi, nei discorsi enfatici, alternando protagonismi passivi. Rinunciando, a volte intuitivamente, al diritto di replicare. Nessun banale accordo preventivo suggeriva le regole predestinate per intervenire. Ora ascoltatori imprigionati. Ora voci mucolitiche per sputare rimpianti. A volte riuniti nella sala da pranzo di famiglia, componente ad honorem, scagionato dagli esami di una nomina prevista. Masticare lentamente quella, oggi strumentalizzava, cucina popolare. La stessa da trent'anni. Il sottofondo televisivo per rompere il misticismo generazionale che non osava interferire. Lo sciabordio delle mascelle nei movimenti silenziosi. Il vuoto di una vita, amalgamato sul piatto, aggredito da abitudini a cui ho richiesto protezione. Ne ho preso possesso. Senza permesso. Parole staccate nel tessuto connettivo dei bocconi a cui affidavo le riflessioni spontanee come un discepolo incolto. Essere in grado di rimanere ancorato a quella familiare intimità silenziosa. La mia mano, pugnale di grazia razionata. Un albero genealogico a portata di mano per i miei pensieri. Le mie idee umanitarie, da sfogliare nel rispetto dell'ascolto. L'argine che avrebbe dovuto contenere le inondazioni selettive dei disaccordi, aveva già dato i primi segni di cedimento. Rassegnato a lasciarmi andare, non avrei interposto alcuna resistenza ai confluenti passivi. Non prima di godere di tracce infantili, di essere lusingato in un estremo tentativo di oblazione, osando rinunciare al mio ruolo di mandato. Notti sfogliate da restituire alla Via Lattea. Stelle morenti...

70

11

Sfiorai soltanto nel momento che mi fu concesso, il privilegio dell'incoscienza nelle anime inerti. Pifferai folli carpirono la magia delle mie sillabe. Era ora di tornare al richiamo dell'impudenza. Groviglio di concetti da affinare in senso compiuto, difendendo le iniziative esposte alle critiche. Era il dazio da pagare per essere aggiornato sulle tattiche lessicali da consegnare ai censori. Ventisei chilometri della statale 114 per cercare di rientrare nel gioco. Rinvii continui che accusavano l'usura esagerata e la "smania" di rigurgiti da sottoporre alle revisioni di Vincenzo. Una settimana non avrebbe sicuramente causato la mia espulsione dal branco in edizione speciale. Li ho percorsi in treno, per assaporare le pause dei binari arrugginiti. Tra una stazione e l'altra. Li ho percorsi con gli occhi chiusi tra gli inganni di un labirinto di parole, sfogliando le primavera nere imparate a memoria, da costruirci gli epiloghi. Li rattristai, riflettendo lentamente per creare una sensazione di apatia lacerante. Nessuno da anni attendeva il cantore prodigo di ritorno dalla deportazione in remote sillabe in letargo. Stazione centrale di Messina. A contatto con i pendolari provinciali, per riunirsi nelle sale d'élite e negli opifici burocratici. Lievitato su i sostegni amichevoli da urtare al ritorno. Il 7 sbarrato, illuminato dai documenti di identità degli studenti, per incitare il mio istinto motorio. Sette e trenta al mattino respirando aria da città, pochi minuti prima del canto che sveglia il CO2. Strinsi tra le dita il biglietto più volte usato rimandando a momenti di maggiore pigrizia, la sostituzione. Dopo venti minuti di slalom dell'autobus tra paletti stretti su quattro ruote, mi sono imbattuto nell'ingresso della maestosa porta della facoltà. Due rampe di scale sulla destra. Uno spiffero dall'aula 8 a svelare un ritardo inaspettato. Indagini istruttorie a tradurre curiosità idiomatiche. Restai a sorseggiare un caffè stantio, in compagnia di brulichii calabresi che rievocano goliardia scolastica e un incarico provvisorio che tardava ad annunciarsi. Maestri di perseveranza. Con il libro rispettosamente chiuso tra le mie mani, osservai l'immagine di copertina del testo biblico di Henry Miller. Grattacieli illuminati nella notte americana per vegliare sulla necessaria pigrizia. Mi sono trasferito mentalmente accanto al corpo stanco a simulare la tranquillità. Con il dito indice bloccato tra le pagine, per segnare la lettura interrotta, ho mantenuto l'ascolto addolcito dalle traduzioni calabresi-britanniche che le mie colleghe in attesa hanno evocato. Un nascondiglio sotto le coperte, che isola le descrizioni espressive in un mondo non più infantile. Plebei che partecipano alla rivolta contro l'avvertimento del passato. Un equilibrio di arroganza per tentare sforzi supplementari e vincere la paura. Il respiro

72

confuso muoveva la sfida alla progenie del passato, sedendo accanto a loro. Ho sfiorato il braccio della minaccia di uniformità della specie, ma non ho trovato parole per costruire un teorema di successione. Possiamo essere soddisfatti di una ricerca di parole semplici. Almeno per ora. La staticità dell'attesa disgustata non tentò la trasformazione. Nemmeno ci provava. Accettando di gettare uno sguardo distratto verso quella rampa marmorea, a turno, senza troppe disillusioni.

Sarebbe sceso, meglio, sarebbe piombato con quell'aria irritata di qualcuno che è costretto a dare una motivazione per il suo ritardo di sciatta eleganza anglosassone. Le cerbiatte afflitte da presagi fiduciosi lo avrebbero circondato nella caccia antitetica. Mister Dold e il suo riportino custode delle idee progressiste, da racchiudere nelle moderne coree. Avrebbe esaminato il suo manoscritto revisionato, pronto per la stampa, con toni schietti di un ribelle contro i dogmi gesuiti. La sua personale denuncia sociale delle usanze corrotte della casa reale. Selling England by the pounds. Il suo trattato monografico da imparare a memoria. Neologismi con consenso obbligatorio. Evaporati da quella aula 8. Mi delimitavano le distrazioni. I volti educati al rinvio. Sporadicamente presenti studenti trentenni per donare un'approvazione rinviata alle loro tesi polverose. Mister Dold fingeva di occupare la mente nella selezione giornalistica, da cui strappava le storie da dare alla traduzione degli studenti. Scena ripetuta per anni e anni, utilizzata per l'immatricolazione. Ci parlava di guerra. Lui, che usava l'allegoria araba, nascondendosi alla destra di Gheddafi ogni estate vantandosi di quella particolare amicizia, negli anni del lancio dei missili, al largo di Lampedusa. Solo per non combatterla. I suoi piccoli soldati traumatizzati, al ritorno dalla Grande Guerra, guardarono nel fango dei prati inglesi perduti, il numero di bambini omessi dal gas nervino che filtrava dalle sue metafore monografiche. Ci ha aspettato a sua volta nell'arco di quegli anni. Per intrappolarci in filo spinato rinnovato. Dall'ombra della calvizie matura, aveva scelto il suo rinnovamento personale della futura classe di insegnanti. Mi ha riconosciuto meglio, nelle linee incazzate degli articoli primordiali che apparivano sporadicamente tra le risme sbiancate dei giornali locali. Mi ha riconosciuto per condannarmi a vita.

Abbandonai le panchine dell'ozio, chiudendo improvvisamente la Primavera nera di Miller, senza lasciare alcun segno, coerente con il desiderio di inalazione improvvisata di parole riconosciute. Sono saltato fuori dalle mura del mio giudizio di futuro dottore. Dalle nuvole nere di maestrale, alcuni più arrabbiati di me, gettarono secchi d'acqua, nel tentativo fugace di raffreddare la mia indignazione. Impregnato di pioggia acida, ho preso a calci le pozzanghere di masse cerebrali disciolte, prima della mia. Dalla strada adiacente a Villa Mazzini, domando il motorino con una sola contromano, Vincenzo mi schiaffeggiò con la rivista "i pro e i contro dei viaggi in autostop". Il tempo era

74

ormai maturo per andare a constatare di persona il margine divisore, dove si fermavano le stronzate di Dold e iniziavano i nostri abbagli. Penso che mi afferrò al volo sul suo cavallo monomotore e nel farlo, ricordo bene, che non mi chiese il permesso. Un idealista di altri tempi, io. Credere nell'autocritica della maturità, durante il mio distacco. Ha continuato a gridarmi a 60 all'ora per perfezionare i "nostri" progetti. Non ho afferrato che alcune sillabe smorzate dal vento. Abituato al silenzio, chiusi gli occhi per proteggermi da ulteriori facezie. Ci siamo fermati, in realtà lo stridio delle ganasce dei freni in pensione necessaria, mi ha fatto intuire la pausa obbligatoria. Piazza Antonello. Il chiosco delle poste centrali. Mi consolò con i "suoi" cinque minuti di doveri inderogabili, concedendomi il lusso di aspettarlo sui gradini vicini. Forse furono sei. Sicuramente, meno del tempo che ho impiegato per attraversare la diagonale accidentata, superare la piazza ed entrare in Galleria. Non si voltò un secondo per verificare la mia possibile adesione al nuovo programma di completamento dei tasselli opportunistici. Li aveva già sparsi sul terreno ambizioso, numerandoli. Per raccoglierli seguendo la progressione, cancellando le formule di relatività. Quanto era necessario.

Tribale ascetico, prese le distanze durante la salita all'appartamento "gentilmente" offertoci dal despota. Quando mi sono avvicinato alla soglia, aveva aperto la finestra sul cortile della Galleria. Mi sono fermato ad accarezzare la copertina, opaca dalle numerose letture, di un vecchio numero de "I Siciliani". Frusciante per paura di sporcare il testo sacro dei capitoli di giornalismo insulare. Mentre contemplavo la rivista, mi sfuggirono le parole di prosopopea di Vincenzo. Captai la parola "provincia" verso la fine della sua decantazione eccitata. Si riferiva al Palazzo della Provincia che si trovava sul retro dell'appartamento. Notando la mia momentanea presa di coscienza, gettò lo sguardo verso la mia fonte di distrazione. Non perse l'occasione di pesare la mia assenza decomposta, rispetto alla sua efficiente accelerazione. Aveva aggiornato i contatti avuti con gli editori catanesi. Sulla possibilità, da realizzare in breve tempo, di poter pubblicare "Querelle" come inserto allegato alla rivista "I Siciliani". Era necessario solo acquisire esperienza pubblicando alcuni numeri in modo indipendente per contaminare la piazza. Ma prima, l'Inghilterra.

Di fronte a me, ancora alla ricerca di un bivio che ci permettesse di incontrarci. Ho ruotato con forza i palmi delle mani sulle mie tempia, quasi volendo avvicinarmi a un ordine per farlo accadere, cancellando le remore. Lui, perso in se stesso, con i gomiti che sostenevano le guance. Per confondere la scena quindici metri sotto, con gli occhi distorti. Forse qualcuno sarebbe stato in grado di richiamare la loro attenzione. Tendere le mani, in attesa che il cesto fosse abbassato, legato alla corda della sua generosa disposizione. La lunghezza del parapetto gli era alleata così come al suo diritto alla privacy. Dare giudizi senza essere

76

visti. Si potrebbe sputare su qualsiasi testa di minchia che passi là sotto, rimanendo nascosti. Mi fece notare. Non passò nessuno. Stavolta non sentì neanche il ticchettio muliebre delle segretarie in pausa provenire a distanza. Stavolta non c'era proprio nessuno. E per la prima volta, lo sentii respirare.

12

Echi. Musica di sottofondo per inventare un'atmosfera vuota. Il respiro dello Zefiro per coprire pensieri metallici. La corda di basso per sincopare i giorni. Ho mosso le mani circondato dall'oscurità. Mi sono illuso che prima o poi sarebbero riuscite a congiungersi. Lentamente ho notato che il fruscio rumoroso di una radio ci stava allontanando. Martelletti d'avorio bianco lanciarono l'assolo vocale, sfumandoci le ultime intese. Mi sono buttato verso la porta con quella voce ingabbiata dalla rassegnazione. Non se ne accorse nemmeno. Aleggiai sulle scale che mi separarono dal silenzio che regnava nell'atrio di marmo. Gli ho lasciato il privilegio di chiudere la porta. Passai accanto al Palazzo della Provincia, annusando il suo opprimente barocco. In lontananza, la via Tommaso Cannizzaro abbagliava all'orizzonte. Per istinto ho attraversato la strada, quasi volendo cercare protezione sotto i tigli che addormentano il Duomo. Fronde di turisti mescolati al sole, in attesa di mezzogiorno. Sfiorai le piume arcobaleno dei ronzini detenuti dalle carrozze, mentre il gallo invitava a svegliarsi. Per un istante, mi piacque sorridere di quella scena di marchingegno svizzero offerta dall'orologio astronomico che il campanile ospita da decenni e che ha ipnotizzato l'infanzia matura, ma la lancetta dei minuti ultimò un altro giro, insieme al mio desiderio di rimanere. Più lontano la coreografia del campanile incrociò la mia indifferente retina, stimolata dal sole. Il contorno trascurato della stazione ferroviaria mi venne incontro, disposta a offrirmi un momento da sbandato in cerca di esilio. Sono entrato rapidamente prendendo un posto vuoto e solitario nel caffè all'interno. L'ora precoce governava una ricerca di tranquillità. Ho riaperto la Primavera nera continuando a leggere una pagina, poi notai che l'avessi già letta. Ricettivo a sballarmi in parole senza essere coinvolto, giocando il ruolo confortevole del critico d'arte, ho inalato senza preconcetti, sintassi violentata dallo scrittore. Me ne saziai. Con ambizione agonizzante. Tra una pagina e l'altra, alzai lo sguardo verso la sala, truccandomi con smorfie disumane. Lo feci per evitare qualsiasi saluto che potesse minacciare la mia tregua. Il suo sorriso rivelatore, mi impedì di sentire la seguente melodia. Antonella era lì da quasi due capitoli. Silenziosa e ossequiosa, nel disperato tentativo di assorbire la meditazione. Ho continuato a leggere. Nei suoi stati d'animo più nascosti. Come avevo fatto da tempo. Incurante da qualsiasi paziente rassegnazione. I suoi discorsi per scalfire l'incomprensione. Stalli per sfidare il giudizio che ti esalta. O ti reprime. Per l'ultima volta. Le sue parole, tra le sequenze assimilate, sostituivano i monologhi con le invettive. Senza spazi per le scelte. Riaffiorai, aggrappandomi alle interruzioni precedenti.

Cercando di esaltare la solidarietà, Antonella tornò a chiedere di interpretare l'inquietudine da protagonista. Quel profilo minuto corrugò lo scudo di un'indifferenza restituita, insanguinandosi le nocche. Se fossi stato in grado di inserirla tra gli infiniti tasselli distratti, avrei potuto ascoltarla passivamente, incastonando le nostre vite in un futuro immediato appagante. Sarei affondato in interstizi intuibili, che pretendevano di setacciare i miei comportamenti bizzarri da decifrare. Sarei rimasto figurato dagli strappi della sua provocazione, prendendo ben possesso del mio destino che ha ammutinato la mia stanca evanescenza. Irritante, su per le narici decongestionate, invase la zona di comprensione gratuita, dando conforto con pazienza. Mentre io sarei... fanculo! Sarei stato un attore occasionale opportuno. Un confessionale invitante da cui raccogliere. Raccogliere soltanto. Ho rivissuto come una malinconia cronologica predestinata per condizionare il locale. I giochi scaraventati sul pavimento, per ottenere l'attenzione. Penne attorcigliate nei capelli per ispirare parole sensibili da mettere su carta. Gli incubi carnali di una verginità estorta, non solo vaginale. L'immagine perversa di un corpo che, nemmeno in quell'introspezione, riuscivo a contornarne la femminilità. Lei, tuttavia, in quella storia di abusi, fossilizzò la sua e la mia esistenza. Dialoghi sfuocati dai ricordi. Rivissi la rabbia dei fardelli che si trascinava dietro. Anni trascorsi nel desiderio soddisfatto di non dimenticare. La sera, richiamo temporale dell'inganno che fa il suo ritorno. La

80

mattina, realizzazione permanente degli incubi notturni. Nel suo rinnegato quotidiano. Forse più semplice ripetere l'esperienza dello stupro, riscrivendo la ripugnanza. I volti, anche questa volta, li avrebbe rimossi con il lezzo. Le impronte ad offrirle un altro contatto umano sporco. Mi stuprò la conformità di uomo. Senza parole, le ho trasmesso il mio disagio. Tenerla tra le mie braccia. Un plagio ipocrita. Spossò la compassione della gente che sapeva di incomprensione. Ha cercato argomenti osteggianti per la certezza della loro comprensione. Inutilmente. Falsi sorrisi imbambolati, racchiusi nella fantasia. Comunicazione di disgusto, interrotte sulle linee ormai crollate. Solitudine e indifferenza. Alleate senza pretese. Una settimana dopo, un breve articolo sulla terza pagina accanto ai necrologi, riassumeva la sua vita in una fune ben tirata. Oltrepassai la soglia lasciata libera da Vincenzo. Sfiorando il giornale si limitò a parafrasare il libro di Henry Miller. Ti saresti fatto ebreo. Per lei.

13

Ero a caccia di gechi quando Vincenzo bussò alla porta. Araldo con il suo modo di sconvolgere la monotonia, fece un gesto che invitava a seguirlo, preannunciando una riserva di tempo da non sprecare in spiegazioni eccessive. Sono riuscito a malapena a chiudere la porta di casa, ed eravamo in macchina verso una destinazione sconosciuta. Riacquistato un certo ordine di pensiero, mi sono reso conto di essere salito su una Mercedes. Siamo entrati in autostrada a Roccalumera, sulla tratta Messina-Catania, dopo aver scoperto che la destinazione, questa volta, era sul lato opposto della città, ho preso coscienza che stava guidando e non riuscivo a ricordare il periodo della sua vita trascorso in una scuola guida. Quando siamo arrivati poco dopo alla stazione di servizio di Baracca, abbiamo frenato per raccogliere la flessuosità della segretaria, della quale avevo avuto la fortuna di dimenticare il volto impresso sul libro paga. Di lei, il viso era senza dubbio una caratteristica trascurabile, vista la disposizione di attivare lo sguardo verso altre parti della pelle. Dopo gli opportuni saluti libidinosi, nemmeno lontanamente nascosti, ho manifestato la mia timidezza diventando la guida della signora per dare un'occhiata veloce a ciò che era rimasto inespresso sotto un top nero combinato con una minigonna bianca. Vincenzo riprese il suo compito forzato di autista. "Bastardo", gli ho letto negli occhi. La ragazza, per non sentirsi lasciata fuori dai nostri discorsi, si sedette generosamente in mezzo al sedile posteriore, sporgendosi in avanti. In quell'occasione, senza offesa per nessuno, ci offrì il suo lato migliore.

La certezza con cui Vincenzo affrontò le curve, non diede spazio a ulteriori dubbi sulla sua capacità di guida. Le cosce bianche, a meno di dieci centimetri dal gomito, erano un ostacolo all'attenzione pertinente nel calcolo della distanza tra la ruota anteriore destra e la protezione metallica. Imboccò spedito la salita dell'uscita "Acireale" e solo così facendo, pubblicizzò il nostro viaggio insperato in campagna. La mia curiosità soddisfatta, disillusa nel vedere nessun gesto di giubilo per riconquistare il consenso, Vincenzo tirò fuori una busta intestata dalla tasca posteriore dei suoi jeans. Usai tutta la mia pazienza nel rituale di aprirla. Due biglietti aerei Roma-Londra mi tinsero le mani di rosso. Non male come effetto scenico. Coperto dall'alone paterno con il quale mi aveva passato il diritto di viaggiare, ho dedicato qualche istante al lato felino del mio ego per rassicurarlo che ad ogni segno di pericolo indefinito, avevo lasciato uno spiraglio per la fuga. Nel frattempo l'auto annusò i fiori d'arancio e i gelsi rossi peccaminosi. Un cartello ci deviò verso i paesi presepi dell'Etna. Una risposta di perspicacia mi fu concessa alla mia domanda mai posta, evitando il disagio di una finalità scomoda. Un laboratorio geologico, coperto da ulivi e pistacchi, si aprì al nostro paesaggio. L'Etna allargò le narici per far notare la sua presenza. Tra uno sguardo e l'altro sul sedile posteriore, ero estasiato di fronte a quell'icona irrequieta. La nostra gita si concluse di fronte a un cancello in ferro battuto. Le gomme calpestarono la ghiaia su un sentiero che non sembrava avesse mai fine. Arrivati di fronte all'ingresso, entrammo in una casa patronale vecchia di almeno due secoli, lasciando fuori il rumore dei nostri passi. Accatastati senza ordine, contenuti da strisce di plastica, in un ingresso che ho scambiato per un monolocale arredato uso foresteria, mi chiamarono le copie del "nostro" giornale. In grassetto a carattere corsivo, su una copertina grigia lucida, fece mostra di sé il logo d'élite che Vincenzo mi aveva urinato qualche tempo fa. QUERELLE. ANNO ZERO. NUMERO ZERO. La grafica mostrava tre scimpanzé seduti con le zampe incrociate. Il primo copriva gli occhi con le mani. Il secondo, le orecchie. Il terzo, la sua bocca. Impedito dalla possibilità di sfogliarlo, ho trasferito la mia attenzione alla maestosa finestra aperta su un vasto vigneto. In cinemascope. Ho dovuto soffocare la voglia di esplorare i confini, contrastata da una foschia inebriante di origine controllata. Cosa saremmo mai stati in grado di scrivere? Su chi? Di braccia arrotolate sui nostri piani relazionali perfezionati, dove adagiare gentilmente le estremità morbide dei figli. Attenti al vetro rotto dalle bottiglie abbandonate. Di donne armoniche, avvizzite dai trent'anni. Sole con le piccole teste tra le gambe e un diario di "se..." sotto i cuscini. Di tumori del lavoro diamantato, dei morti rinfornati nei cestini della spesa. Delle vedove che chiedevano lavoro nei cortei. Lo stesso, nei luoghi rimasti vuoti. Di grappoli pigiati nei loro cestini. Palmento investito in arringhe. Di biografie sacrificali. Di proteste dalle scarse incazzature. Di continui giorni di noia a chiedersi dove cazzo vanno a finire i milioni di metri cubi d'acqua che pisciamo nelle acque minerali. Di scie arroventate in saracinesche chiuse votate al pizzo nero. Di taglieggiatori concorrenti sleali dei benefattori del lavoro nero. Di giovani schiaffeggiati da contributi pubblici. Intascati. Di recensioni pilotate nella diffusione dell'informazione letteraria privata. Di chi avrebbe scritto di tutto questo, se glielo avessero permesso. Due cosce lisce e bianche suggerirono testi erotici che avrebbero avuto più successo commerciale. A loro brindai! Svuotammo una bottiglia di rosso Etna del 1965. Poi mi tuffai sul divano per riordinare l'etanolo nella mia testa. Vincenzo dormiva tra Taormina e Castelmola, liberate da... come minchia si chiamava la segretaria? Rita. Rita? Sì, mi piace.

14

Perché svegliarsi convinti di aver partorito durante la notte un capolavoro creativo? Perché pensare di riemettere lo sforzo in un abbraccio narcisistico? Perché iniziare la tortura del contatto scritto, mordendo i critici della comunicazione arida? Sulle scrivanie. Appallottolare oscenità espressiva. Da lanciare sulle teste erudite. Perché spegnere quelle pagine, temendo il suicidio emotivo? Perché..? Perché all'età di vent'anni risveglieresti con insolenza le coscienze per bruciarle tutte nell'obbedienza dei trent'anni. E a cinquant'anni sarebbe sufficiente che almeno un po' ne fosse rimasta. La stessa. Quella che ti ha fatto riprendere gli antichi corsivi. Sfogliarli tra giudizi maturi provando le stesse apprensioni. La stessa. Quella che ti faceva urlare sottovoce. Nomea di una personale riforma stilistica. La stessa. Che ti nasconde nell'anonimato tra una denuncia e un'istigazione al compromesso. Coalizione di non belligeranza. La stessa. Che ho trovato di nuovo illuminata dai raggi del sole del mattino in sequele di denunce nelle righe del volantino. Abbiamo strappato generosità fruttata dalle terrazze coltivate. Ingozzandoci con l'immensità. Vincenzo razziò la proprietà non più solo privata, emettendo sospiri catanesi di piacere.

86

Ho sintonizzato lo strumento in sublime tonalità. E abbiamo invaso l'aria con una sinfonia gutturale. Sembrava solo mancassero gli applausi. Rita li ha forniti. La mappa orografica corporea in dettaglio. Ci ha sorpreso digerendo l'euforia alimentare, tra bossoli di nespole e le mani ferite con le ciliegie. L'abbiamo lasciata là a cancellare le impronte di Vincenzo. Appagata a non fare nulla. Noi, non ricordo chi guidò, scivolammo di nuovo verso Catania. Per ricomporre la nostra reputazione di giornalisti. Per cercare di trasformare un capriccio comunicativo in un tracciato di condanna. Unendo la nostra mancanza di pregiudizio con le partenze ricomposte. Per proporci come forniture dislessiche, disposti al dialogo in prima linea. Vagando tra l'ignoto magma topografico, ho limitato i cliché di sgradita invasività, rifiutando il fantasma di estorsori di quella tranquilla città. Nella redazione della rivista "I Siciliani". O qualunque cosa sia sopravvissuta alla censura esplosiva dell'uccisione del suo fondatore Pippo Fava. Vincenzo ha catturato le immagini etnee. In una follia impressionista. Ha messo nella sua tana invernale le tracce compositive da estrarre nei futuri momenti di scarsa ispirazione. E, ignaro azionista, scivolò fuori dall'auto per proporre rapidamente le sue offerte al rialzo. Ci siamo seduti. Privatamente in sala d'attesa. Con qualche callo in più nello stomaco. La porta cigolava. Evidentemente in ritardo. Calpestando reminiscenze sessantottine con le polacchine colore della dissenteria, un cronista ereditato ha percorso lentamente la distanza che lo separava dalla scrivania. Sminchiato, privo di implicazione, inscenò la parte di chi rilancia gli aborti verbali cercando di colmare i dieci centimetri di divario generazionale che ci dividevano. Sospirò sulle meditazioni disconnesse che gli avevano provocato l'arroganza improvvisata del palcoscenico. Poi, con cortese miopia, ci rilevò le sue opinioni riflessive dalla prominenza del suo pomo d'Adamo. Le raccolsi, assorbendo i graffi dell'esperienza. Mentalmente, osservavo gli spigoli del suo viso, delineando un pizzetto apolitico. Quasi a voler oltrepassare i confini della stabilità del pensiero, si sistemò i capelli castani sulle orecchie, disturbato dalla mia interferenza. In questo modo, rivelò una dialettica in stile dantesco da cui inalare la sua indole comunicativa. Approfittai dell'occasione. Mi alzai. Per chiudere la finestra.

Io. Che ho raccolto gelatina grigia del cervello da spalmare sui fogli bianchi. Io. Che ho levigato la retorica mimetizzata dai segni rossi di correzione. Io. Mi sono ritrovato ad asciugare gocce di bile sulle sue braccia aride. Troppo incazzato per ignorare la faida letteraria che stava combattendo nei confronti della nostra giovane età, raccolsi gli appunti, custodendoli con le stilografiche svuotate sulle pagine da bonificare. Vincenzo sfogliò una copia di "Querelle" presa a caso dalla sua borsa straripante. Cercò di anestetizzare con colpi diretti sotto il tavolo, la mia prima reazione alle accuse di immaturità. Ricacciati ai giorni del silenzio per subire il pieno rispetto, abbiamo inghiottito

88

ancora una volta l'ipocrisia del giudizio per limitare esternazioni controllate. Nell'eventualità di un futuro utilizzo. Ancora una volta sazi. Siamo tornati a casa. Ripercorremmo all'indietro il labirinto che ci aveva condotti lì. Navigatori con un pilota incosciente. Rita ci porse i bicchieri della consolazione. Con un sorriso amaro, ho violentato il cassetto dei ricordi. Un'altra buona dose di oblio. Digitai il titolo. Sotto i dati della mia identificazione: Buscemi Piero. Tetracromia creativa. Il cognome che precede le regole da distorcere. Il resto. Da succhiare lentamente. In anacronismi infiniti.

15

Sono rimasto con il ricordo di un tredici per diciotto nelle mie mani. Il sorriso di Pipo Fava che lentamente sbiadiva. Attaccato alle cavità dell'isolamento, a cui non sapevo come rimediare. Tra le confessioni scritte, raccolte nella cellulosa annerita da banalità che spacciai per comunicazione, non trovai neanche un tugurio letterario dove poterlo custodire. Stimoli ricettivi che tardano ad arrivare, tra caos delle espressioni da abbinare elegantemente alla carenza di contenuti, per renderle più reali. Sono rimasto per affinare il mio ascolto della pesante tempesta che rimbalzò sugli scudi dei cavalieri smontati dai loro cavalli. Più vicino alla sicurezza distratta. Per armare la calligrafia ingentilita che macchiava i palmi maldestri con l'inchiostro simpatico. Di fronte a me, una pagina che si è nutrita delle mie sconfitte alle quali non sapevo dare dignità. Ho costruito storie intrecciate in mezze verità che non mi soddisfacevano completamente. Raccolte vicino al marciapiede umido dove i protagonisti hanno tentato di opporsi alle loro ansie disciolte. Segugio di relazioni incaute, gettate e ridotte al minimo in prosa poetica, quando sarebbe bastato trascrivere le emozioni che i timidi messaggeri mi hanno donato e amplificare la verità. Rifiutai vigliaccamente. Anche quando avrei dovuto difendere una reputazione appassionata, impersonando un'età troppo giovane per essere aggredita. Troppo nauseata per essere temuta. A distogliere la distrazione, ci pensò il nostro padre putativo. Quel politico presuntuoso e stupido. E noi dietro di lui. Nei bassifondi di quartiere abbiamo estratto le statistiche umane da collezionare. Infiltrati, abbiamo cercato di estendere i rapporti in modo che la nostra innegabile euforia continuasse a farci chiamare in modo inappropriato, sociali. Non abbiamo visto - non l'avremmo mai fatto intenzionalmente - quelle piccole crepe che dalle cupe volte dei centro di recupero, avrebbero avvolto gli eufemismi. Quel mecenate ce li consegnò al crocevia dell'inganno, tra un livido improvvisato da opporre agli avvisi di garanzia e una notizia di cronaca. Abbiamo vissuto nella mensa di casta rubando cibo precotto in cambio di penne spuntate. Abbiamo confuso gli sguardi per delegare i compiti. Scrivendo di intrighi giudiziari, ci siamo consegnati alla sua protezione. Inaridii il pezzo, privandolo di linfa neutrale. Spalancai i lembi di una creatura innocente e rilessi a voce alta: volo Roma-Londra KQ 0164, 25 giugno 1985.

Poche parole prima dell'epilogo presero il controllo di considerazioni assennate. Guardai la carta d'identità valida per l'espatrio, intossicandomi con sali d'argento. Il volto ancora troppo glabro, sul quale fu possibile far scivolare i rischi incombenti. Albeggiai assonnato sulla brandina del

91

sesso occasionale appartenente all'addetto al deposito bagagli che la usava ogni notte, a suo dire, con una bellissima guida turistica danese. Rossa con uno sguardo empirico, mi era passata davanti verso le due. Rannicchiato sui sedili d'attesa. Blu durezza. Appoggiai la testa sul mio bagaglio a mano, scambiando sospiri d'attesa con massaie arcobaleno congolesi. La vichinga mi alitò di Chanel puntando direttamente verso il suo concubino. Dalla mia posizione riuscii a seguire lo scampanio dei suoi glutei. Scomparve nei tentacoli di borgata per almeno due ore. Svuotato, il custode mi svegliò, proponendomi il giaciglio del peccato. Sonnambulai riconoscenza. Scostò le lenzuola sagomate e mi fece accomodare. Mi sono addormentato annusando l'aroma della sirenetta. Alle sei un pastore tedesco con il mantello color caffèlatte annusò i miei genitali. Si trascinava un poliziotto, distratto dalla sonnolenza, in un'aura ispettiva. Mi consigliò di non muovermi per evitare ulteriori interruzioni della maldicente minaccia di bomba. Giù la testa. Coglione. Grande Sergio Leone! Il defloratore addetto ai bagagli mi passò la tazzina, rassicurandomi. Ci scambiammo interessi quotidiani, durante i trenta minuti per il check-in. Poi mi strinse la mano rivelandomi la scoperta che non tutti i Siciliani sono uguali. "Fotti tua madre". Il mio ringraziamento.

Ho tralasciato le immagini nostalgiche per cercare di scrivere alcune note cronologiche. Ho ritenuto necessario mettere tra le pagine delle confessioni internazionali, con cui comporre

92

scritti poliglotta nel prossimo numero di "Querelle". Ho tralasciato quell'odore di attentato sventato sulle posizioni devote di coloro che trasmisero in quegli anni messaggi apocalittici, giustificando il sacrificio per le diete di sopravvivenza. Eccesso da designare alle partite del cuore e ai concerti pro Africa. La tendina cenerina mi soccorse. Offuscante gratuita di panorami da trascurare. Ho delegato esponenti della solidarietà coinvolta e madrine di scosciati calci d'inizio ed emozioni da consegnare alla platea e ai cronisti sudati a balzare da un'intervista al mito alla sua didascalia. Azzeccate massime da utilizzare con cura in ogni occasione meritevole. Maratone di notizie in diretta. Più vere le sfiorate compagne di insonnia ereditate da Lucio. Presunzioni messe da parte e surrogate, da riproporre certamente in testi allegorici, consegnate alla curiosità dei visitatori dei voli charter durante le calde escursioni nei reperti millenari siciliani di uno storico ripudio delle origini. Tralasciai tutto questo. Davanti ai giudizi che avrei dovuto dosare con la giusta coniugazione, nelle grammatiche inglesi da perfezionare. Dalle undici a.m. alle cinque p.m. rimanevo rintanato dentro una cucina di un ristorante, grande poco più di uno sgabuzzino di passaggio che divideva il bagno pubblico dalla sala. Salutavo tutti con educata nobiltà anglosassone. Mi chiedevano il permesso di transitare nel regno delle sweet cream da scollare dalle ciotole. Di salse salad spalmate sui panini della tradizione culinaria. Di epoca vittoriana. Con i quali, l'aristocrazia italiana giocò a tennis sull'erba di Wimbledon. Un lemma italianizzato per manifestare ovazione verso la tradizione poetica navale artistica. Deprimenti colonizzatori della corona con diplomatici turbanti, si accodavano in quella per me Sguattero Land, soffocando esigenze di incontinenti bisogni di urinare. Nella sofferenza, mi ingaggiavano a scugnizzo da baraccone supplicandomi alcune espressioni tipiche dell'idioma dantesco che aveva conquistato il mondo. Non cedevano, nemmeno quando cercavo di spiegare che la Sicilia non era mai stata del tutto all'interno dell'Italia. Allora improvvisavo canzoni scurrili, scavando nel repertorio popolare inglesizzando una nota canzone siciliana intonando "flowers flowers" che esplosero in felici nazionalismi repressi. Chiudevo lo spettacolo fingendo di recitare a memoria versi stanchi di Cielo D'Alcamo, sconosciuto poeta maledetto. Storpiavo il suo genio elegiaco, attribuendogli frasi create sul momento. "Dentro o fuori siete solo dei poveri stronzi". Io più di loro. Tornavano al loro tè delle cinque, mentre continuavo a graffiare palati fini da purificare in lavastoviglie. Incassavo la paga giornaliera. Dieci ritratti di Elisabetta da un pound. Raggiungevo la spiaggia e unendomi all'Europa Unita tutta riunita lì, inseguivo le maree creative della Manica. Ogni sei ore per guadagnare sabbia per restituirla con gli interessi. Orchestrine in uniforme sudavano pezzi classici combattendo su scale armoniche in tre quarti per conquistare il dominio sinfonico su arpeggi distorti degli

94

skinhead riuniti nelle notti della stazione. Li vedevo passarsi con la lingua gli ultimi piccoli baci, spaccio di amore e fantasia con i bobby che non erano bobby perché li vidi solo a Londra, quelli sembravano la polizia americana nelle Triumph bianche o forse erano Chryslers, comunque passeggiavano in coppia, un uomo e una donna e anche lì si facevano i cazzi loro. Come quando una sera omertosi sulla tragedia di Heisel si incontrarono al centro per moviolare quel rigore assassino che non fermò lo spettacolo e i coltelli che, rispetto ai nostri, erano padri e catene su occhi distratti e poi che cazzo c'entrava Alfio il ragazzo catanese che si spacchiau una sera impersonando un don Giovanni insieme a un ragazzo torinese che non capiva nulla, ma rise a causa di quell'accento e di quell'assurda storia della mano messa tra le gambe della ragazza tedesca che gli depose la birra andata male e lacrime di panico, perché l'ultimo autobus della EF era già partito. E Alfio senza documenti lasciati a casa negli altri jeans fu catturato a un'ora di coprifuoco quando la pattuglia ogni sera dopo le due faceva il segno al lampionaio e la città cadeva nell'oscurità con solo le cabine, le tipiche cabine telefoniche rosse di cui poi mi dissero che fossero state rimosse e trasformate in docce illuminate. Perché si potevano smerciare prototipi di pillole rubate a bocche senza più amore o strappare giubbotti bomber nelle discoteche e sentire il sangue caldo del naso dipingere magliette o al limite appartarsi nelle panchine del Pier con ragazze scandinave in cerca di emozioni mediterranee, sotto gli occhi di tutti coloro che intonavano cori da spiaggia sostenuti dalla stessa polizia che fingeva di non essere in grado di tradurre mugolii vichinghi e abbandoni siciliani. O dividere cartoni di red beer fuori dal pub dove la Thatcher aveva consegnato proibizionismo reale allo scoccare delle undici p.m. lasciando il monopolio notturno al bazar che non ho mai capito se fossero alla chiusura o noi i primi clienti. Questa e mille altre cazzate per sostenere il turismo britannico assordato da una folla multietnica tanto da non sentire lo squillante cambio della guardia a Buckingham Palace. Questo, ma non lasciatevi trovare senza documenti a zonzo per le strade dopo le due. Alfio non lo sapeva, ma il suo ricordo del tatuaggio di quella notte gli fu stampato sullo zigomo destro con i ringraziamenti della Casa Reale.

E abbiamo invaso Wembley con le nostre Afriche stampate sul davanti. Live Aid e getti d'acqua. E tette nude sulle nuche e ho pensato a noi trecentomila che gettammo venticinque sterline nella solidarietà e nelle canne, e ho pensato a tutte quei distorsori musicali che si avvicendarono sul palco a diecimila watt e a come se tutti avessero offerto solo le evasioni nei paradisi fiscali, avremmo dato da mangiare anche all'India. Ma quel contatto con i capezzoli turgidi è bastato a non pensarci, e allora Dire Straits che cantarono con Sting e le immagini dagli Usa con altri cinquecento o settecento oh ma che importanza ha, accaldati da Santana o dal blues di B.B.King e dieci ore di eurovision ma quanti miliardi sono stati raccolti? Quanti se gli occhi neri mi

96

guardano ancora? E tornando, mi sono addormentato tra i sussurri stanchi di Helen, una ragazza norvegese con la pelle scura che le regalò l'amore di una notte a Cuba e quando fummo sugli altipiani che accarezzavano Eastbourne, ho sognato che stavo disegnando guardiani giganti sul finestrino del treno. E vagai per la strada sconosciuta in cerca di un rifugio per la notte. Ma il sole arrancava dietro i tetti, deciso a non morire. Le ombre camminavano accanto a me, linee ansiose davanti al metallo degli accessi alle danze in discoteca con luci a quarantacinque gradi che brillavano tra i capelli. La voce di Abdul, un ragazzo dell'Arabia Saudita, con le mani in tasca ogni sera alla fermata dell'autobus pizzicava il culo alle ragazze mai del tutto dispiaciute. Mi offriva un cheeseburger e fuck in maid, dedicato alla signora che intascava quattrocento pound al mese per farci dormire e aggraziarci il gusto con fish&chips e quelle patate bollite che accompagnavano la cena ogni pomeriggio. Sono andato a camminare sulla sabbia. Abdul si è congedato dopo pochi metri regalando sorrisi a ogni ragazza incontrata. Cavalcando un tronco abbandonato, intagliavo arabeschi con le chiavi di casa invitando le ragazzine inglesi in mini bianche a correggere gli errori e Vincenzo ha fatto meglio di me una settimana dopo quando ha mostrato un testo dei Pink Floyd a due confusi occhi svedesi, spacciandolo come se fosse suo, copiato su strappi di carta igienica a fiori rubati in bagno.

Non ero nessuno, senza identità. Non nelle pagine cestinate di una sconosciuta redazione né tra ignoti diciottenni sguinzagliati per l'Europa. Niente da soddisfare, né corpo né fame di lettura. Nessuna stupida idea da far urlare al genio, nessuna raccolta di pensieri da offrire come aiuto. Sono uscito con l'insistenza dell'illusione di incontrare persone e di soffermarmi sui contatti da fermate d'autobus e a raccogliere emozioni da un volto che mi è sfuggito a prima vista e a contenere un masochismo di una bocca tappata da labbra umide di un sole che si negava al tramonto. Nelle mie mani, parole imprigionate in un sacchetto di incertezza da strappare quando volevo raccontare quello che l'Inghilterra era per me, una ragazza norvegese che mi sfiorò per non illudermi troppo con il silenzio e la incuria elusa di Vincenzo che prima di me capì che saremmo stati in grado di rimanere per sempre ma nemmeno la marea avrebbe potuto preservarci dallo sporco contatto umano.

Avremmo occupato bed and breakfast in momentanee pause senza radici da estirpare alla rassegnazione e avremmo fatto l'autostop sulle autostrade a novanta miglia all'ora scambiando segreti patriottici locali con gli scozzesi dagli eterni volti rossi e farci condurre sui prati umiliati dal vento dove chiedere ospitalità a tramontate famiglie irlandesi come quella del pifferaio di strada Allister che raccoglieva penny scomodi in un berretto da matricola e quando riconobbe l'Italia dei nostri occhi, ci invitò a suonare con lui costringendoci a promettere che non avremmo mai intonato

98

"Terra mia" di Pino Daniele che non abbiamo mai capito perché gli stesse sulle palle. Lo abbiamo seguito sulle scale celtiche adagiando versi in siciliano che si incastrarono meravigliosamente a quelle note tristi. E dopo due ore di spettacolo all'aria aperta volle dividere il bottino e portarci a casa e farci incontrare suo padre. Lo abbiamo seguito nella Golf verde Irlanda e per tutto il viaggio ci siamo scambiati opinioni "messinesi" sui suoi gusti sessuali che non ci convincevano e Vincenzo ha urlato anche "ti piace il flauto di pelle?" e ha riso, rideva dentro di sé e anche Allister rideva, rideva e forse non capiva. Ma mi sono chiesto perché un saltimbanco soffiasse la dolcezza celtica in cambio di risate di metallo e mi è stata data la risposta seduto a un tavolo imbandito con musica sinfonica dove fingevamo di riconoscere il patriota Verdi e gli spaghetti cucinati "al dente" davanti alla foto di Giusy, la sua ragazza messinese, che andava a trovare ogni estate in Sicilia. E la risposta me la diede in messinese, scusandosi per averci preso per il culo quando non aveva risposto alla domanda di Vincenzo.

Non ero nessuno. Quando la BBC ci ha mostrato la montagna che ha mangiato la Valtellina e mi sono sentito cittadino del mondo, non italiano. Quando camminando a tarda notte verso casa, dividevamo quell'ultimo miglio con le audaci lentiggini delle ragazze inglesi che, ogni sera mentre aspettavamo il nostro turno alla cabina telefonica, si fermavano a parlare con noi e le rifiutavamo con diffidenza muta come se avessimo avuto già paura di contagi con l'HIV incisi sulle piastrelle nei bagni della stazione ferroviaria. Nessuno, nemmeno un esule testimone della cronaca che ci aveva riuniti a parole, non solo la mie. Avremmo potuto davvero rimanere per sempre. Dimenticare tutto in una volta, pretesti di scrittura nel denunciare le contraddizioni che ci hanno avvicinati per farci seppellire il timore, quasi certo, che le scelte si limitavano all'assoggettamento. Se fosse stato necessario, avremmo rinnegato l'essere siciliani degli immigrati. I rimpianti delle voci per le strade che avevamo maledetto durante i sonnellini pomeridiani tastando il pavimento come un cane in cerca di freschezza. Non solo fisica. Avremmo accumulato pregiudizi da scambiare tra risate arabe e carnevali da festeggiare a luglio, vestiti come popolani del Settecento con bambini tra le nostre braccia che non comprendevamo nel loro baby inglese e la consapevolezza che gioiscono e ridono ti prendono in giro e ti pizzicano se non li ascolti. Ovunque, con i capelli rossi, le mani nere, i denti a finestra, le guance in lacrime, i piedi scalzi, le nuche addormentate. Ovunque, se non li lasci sedere sulla crudeltà dei giochi di guerra. Dove muori davvero.

E invece ci fermammo nelle escursioni termiche serali, appoggiandoci alle ringhiere panoramiche. Davanti a stanchi occhi umani vestiti di bianco, impegnati in battaglie del passato ridisegnate con mazze da cricket. Siamo rimasti a guardarli fino alla nausea, intestarditi dalle regole del gioco e ci aspettavamo scazzottate ideologiche ancora vive e

100

stimolate da pantaloni pronti a macchiarsi di erba inglese, che nei nostri paesi annoiati era solo per fumare.

16

Spensi quel treno di immagini confuse davanti alla perplessità dell'operatrice al controllo dei biglietti. Nel viaggio di ritorno. Avevo dimenticato di confermarlo. Penso di non aver mai pensato che ciò accadesse, durante tutto il periodo. Involontariamente, avevo creato il presupposto per continuare una fuga di pensiero. L'illusione, però, ebbe vita breve. La stretta di mano mescolava l'addio e la sensazione personale, che in quell'addio mancavano troppi segni di particolare formalismo. Mi sono seduto nella sala d'attesa, proprio di fronte alla vetrata palcoscenico nella aerostazione a perdita di vista. La mia figura si specchiò, deformata dalla prima nebbia. Gocciolante, quasi a decomporsi sul vetro. Cellule ripugnanti a dissolversi nella realtà intrappolata dalla fascetta in pelle che ha sigillato i ricordi sparsi tra le pagine. Guardai la maglietta che indossavo. L'Africa nera da trascinarsi dietro come un souvenir di disgustata solidarietà. Chiazzata da nomi cubitali dei big della musica. Mi faceva sembrare più grasso. Di una impostura adiposa. La smacchiai una sera lungo il lungomare passo dopo passo, calpestando i giorni. Avevo una radio analgesica tra le mani. L'effetto glissato del selettore a completare lo sfondo musicale delle ultime notizie. Sono saltato oltre il muro. Appoggiai la radio sulla prua di una barca. Mi sono seduto appoggiando la schiena sulla fiancata. Un plettro armonico diffuse accordi familiari. Dave Gilmour non aveva perso il suo stile. Ho sentito il nuovo pezzo per la prima volta. Un nuovo album per narcotizzare l'indignazione. L'ultimo. The final cut. Lucio mi raggiunse. Stretta in mano aveva una copia del quotidiano "Gazzetta del Sud". I baffi ancora lì per coprire il labbro superiore. L'odore della vaniglia a viziare l'aria. Non era cambiato nulla. Mi passò la copia. La sfogliai stancamente. La lessi disgustato. Un articolo nell'ennesima pagina informava sugli "ultimi tagli" nell'inchiesta sull'omicidio Fava: PROBABILE OMICIDIO PASSIONALE.

- Roger Waters lascerà il gruppo - commentai.

- Dove l'hai letto?

- L'hanno detto alla radio - precisai.

- È un peccato. Sai, Vincenzo si è candidato per il Consiglio comunale.

- Dove l'hai sentito? - chiesi.

- L'ho letto sul giornale.

- C'è scritto che Pippo Fava era un fimminaru - ironizzai.

- Minchia, ma allora è stato un marito geloso. Ma sarà vero?

- U vò sapiri comu finisci 'sta storia? – replicai.

- Come?

- Un giorno gireranno un film.

Nota di edizione

Questo libro

"Un racconto lungo a carattere autobiografico, un memoriale per fermare il desiderio di fuga: storia di Piero e amici, giovani inquieti e dibattuti tra l'esistenza e il vuoto, tra desiderio e disamore, ricordi che si snodano con un disincanto feroce, per slittamento e sovrapposizione temporale. I luoghi scorrevoli dell'attraversamento (dal Regno Unito a Roma, da Messina alla costa ionica) offrono indizi di questa insofferenza, ma è la scrittura (nervosa, a scatti, come lampo fotografico) codice e affresco di spaesamento: in una sorta di "libertà vigilata" il pensiero vaga, misura del vagabondaggio kerouachiano che talvolta si illude di riscoprire l'esistenza" (Maria Gabriella Canfarelli)

Pubblicato per la prima volta nel 2004, "Querelle" esce ora per le edizioni ZeroBook con la prefazione di Vincenzo Tripodo.

L'autore

 **Piero Buscemi** è nato a Torino nel 1965. Redattore del periodico online www.girodivite.it, ha pubblicato : "Passato, presente e futuro" (1998), "Ossidiana" (2001, 2013), "Apologia di pensiero" (2001), "Querelle" (2004), *L'isola dei cani* (2008, ZeroBook 2016), "Cucunci" (2011), "Le ombre del mare" (2017, edito da Bibliotheka), *Enne* (ZeroBook 2020). Ha curato l'antologia di poesie *Accanto ad un bicchiere di vino* (ZeroBook 2016); e le antologie di articoli di vari autori pubblicati su Girodivite: *Parole rubate* (2017), *Celluloide* (2017). Per il volume di poesie *Iridea* di Alice Molino (ZeroBook, 2019) ha contribuito con una scelta di suggestioni fotografiche. Vincitore di diversi premi letterari, alcuni suoi racconti e poesie sono contenuti in alcune antologie nazionali. Il romanzo "Querelle" è stato tradotto in inglese e pubblicato dalla Pulpbits Press (Stati Uniti). È tra i fondatori dell'Associazione culturale "Aromi Letterari" di Messina. Sostenitore Emergency, collabora con l'Avis (donatori sangue) ed è promotore delle iniziative di ActionAid Italia.

Vincenzo Tripodo (prefazione) è nato a Messina il 22 marzo 1968. Formatosi tra arte drammatica e cinematografia, a fianco di artisti come Susan Strasberg, Josef Svoboda, Marcello Batoli, Sarah Taylor, Federico Tiezzi e Beppe Randazzo, si + specializzato con un master alla Tisch School of the Arts di New York. Ha diretto e sceneggiato documentari e fiction, tra cui: *Scialo* (2007), prodotta da Marvin Bros Film Productions, girata tra Messina, Montalbano Elicona e le Gole dell'Alcantara. Sin dal 1986, Tripodo si dedica all'attività teatrale, dirigendo, tra gli altri, gli spettacoli prodotti dall'associazione culturale Querelle, che annovera, tra gli ultimi titoli, *La donna perfetta* (2011), con Mariella Lo Sardo, ispirato a *La Voce Umana* di Jean Cocteau, e *Il faro al buio* (2012), con Vincenzo Pirrotta, scritto da Dario Tomasello. A teatro, Tripodo è anche autore di testi, attore, sceneggiatore e musicista, in collaborazione anche con altri artisti messinesi, come Ninni Bruschetta e la compagnia Nutrimenti Terrestri (*I carabinieri*, 1993), Antonio Lo Presti (*Spoon River*, 1997), Angelo Campolo (*Nemici del cuore*, 2000). Si è dedicato anche all'opera musicale, curando tra l'altro la regia di numerosi spettacoli prodotti dall'Ente Teatro Vittorio Emanuele di Messina, e alla scrittura creativa. Il suo racconto *Racconta Caifa*, nel 2004, ha ottenuto il primo premio alla Settimana Letteraria di Torino. Tra i riconoscimenti della critica, il Premio "Elio Vittorini" come migliore attore per *La carriola* di Luigi Pirandello (1998), premi internazionali per i film *Senza Spada* (2006) e *Near Misses* (2004) e per la pièce *Partitura per sangue e anima* (1996), che ha scritto, diretto e interpretato.

Le edizioni ZeroBook

Le edizioni ZeroBook nascono nel 2003 a fianco delle attività di www.girodivite.it. Il claim è: "un'altra editoria è possibile". ZeroBook è una piccola casa editrice attiva soprattutto (ma non solo) nel campo dell'editoriale digitale e nella libera circolazione dei saperi e delle conoscenze.

Quanti sono interessati, possono contattarci via email: zerobook@girodivite.it

O visitare le pagine su: https://www.girodivite.it/-ZeroBook-.html

Ultimi volumi:

Orientale Sicula : Proebbido entrari ed altri racconti / di Alfio Moncada

Perduti luoghi ritrovati : Poggioreale Antica / di Roberta Giuffrida

Raccolta di pensieri / di Adele Fossati (poesie)

Enne / Piero Buscemi

Cortale, borgo di Calabria / di Pasquale Riga

Delitto a Nova Milanese : venticinque righe nelle "brevi" / Adriano Todaro

Abbiamo una Costituzione : Ideologie, partiti e coscienza

democratica costituzionale / Gaetano Sgalambro

Emma Swan e l'eredità di Adele Filò / di Simona Urso

Otello Marilli / di Ferdinando Leonzio

Autobianchi : vita e morte di una fabbrica / di Adriano Todaro prefazione di Diego Novelli

Sei parole sui fumetti / di Ferdinando Leonzio

Sotto perlaceo cielo : mito e memoria nell'opera di Francesco Pennisi / di Luca Boggio

Accanto ad un bicchiere di vino : antologia della poesia da Li Po a Rino Gaetano / a cura di Piero Buscemi

Il cronoWeb / a cura di Sergio Failla

L'isola dei cani / di Piero Buscemi

Saggistica:

I Sessantotto di Sicilia / Pina La Villa, Sergio Failla (ISBN 978-88-6711-067-4)

Il Sessantotto dei giovani leoni / Sergio Failla (ISBN 978-88-6711-069-8)

Antenati: per una storia delle letterature europee: volume primo: dalle origini al Trecento / di Sandro Letta (ISBN 978-88-6711-101-5)

Antenati: per una storia delle letterature europee: volume secondo: dal Quattrocento all'Ottocento / di Sandro Letta (ISBN 978-88-6711-103-9)

Antenati: per una storia delle letterature europee: volume terzo: dal Novecento al Ventunesimo secolo / di Sandro Letta (ISBN 978-88-6711-105-3)

Il cronoWeb / a cura di Sergio Failla (ISBN 978-88-6711-097-1)

Il prima e il Mentre del Web / di Victor Kusak (ISBN 978-88-6711-098-8)

Col volto reclinato sulla sinistra / di Orazio Leotta (ISBN 978-88-6711-023-0)

Il torto del recensore / di Victor Kusak (ISBN 978-6711-051-3)

Elle come leggere / di Pina La Villa (ISBN 978-88-6711-029-2

Segnali di fumo / di Pina La Villa (ISBN 978-88-6711-035-3)

Musica rebelde / di Victor Kusak (ISBN 978-88-6711-025-4)

Il design negli anni Sessanta / di Barbara Failla

Maledetti toscani / di Sandro Letta (ISBN 978-88-6711-053-7)

Socrate al caffé / di Pina La Villa (ISBN 978-88-6711-027-8)

Le tre persone di Pier Vittorio Tondelli / di Alessandra L. Ximenes (ISBN 978-88-6711-047-6)

Del mondo come presenza / di Maria Carla Cunsolo (ISBN 978-88-6711-017-9)

Stanislavskij: il sistema della verità e della menzogna / di Barbara Failla (ISBN 978-88-6711-021-6)

Quando informazione è partecipazione? / di Lorenzo Misuraca (ISBN 978-88-6711-041-4)

L'isola che naviga: per una storia del web in Sicilia / di Sergio Failla

Lo snodo della rete / di Tano Rizza (ISBN 978-88-6711-033-9)

Comunicazioni sonore / di Tano Rizza (ISBN 978-88-6711-013-1)

Radio Alice, Bologna 1977 / di Lorenzo Misuraca (ISBN 978-88-6711-043-8)

L'intelligenza collettiva di Pierre Lévy / di Tano Rizza (ISBN 978-88-6711-031-5)

I ragazzi sono in giro / a cura di Sergio Failla (ISBN 978-88-6711-011-7)

Proverbi siciliani / a cura di Fabio Pulvirenti (ISBN 978-88-6711-015-5)

Parole rubate / redazione Girodivite-ZeroBook (ISBN 978-88-6711-109-1)

Accanto ad un bicchiere di vino : antologia della poesia da Li Po a Rino Gaetano / a cura di Piero Buscemi (ISBN 978-88-6711-107-7, 978-88-6711-108-4)

Neuroni in fuga / Adriano Todaro (ISBN 978-88-6711-111-4)

Celluloide : storie personaggi recensioni e curiosità cinematografiche / a cura di Piero Buscemi (ISBN 978-88-6711-123-7)

Sotto perlaceo cielo : mito e memoria nell'opera di Francesco Pennisi / di Luca Boggio (ISBN 978-88-6711-129-9)

Per una bibliografia sul Settantasette / Marta F. Di Stefano (ISBN 978-88-6711-131-2)

Iolanda Crimi : un libro, una storia, la Storia / di Pina La Villa (ISBN 978-88-6711-135-0)

Autobianchi : vita e morte di una fabbrica / di Adriano Todaro

prefazione di Diego Novelli (ISBN 978-88-6711-141-1)

Dizionario politico-sociale di Nova Milanese : Passato e presente / Adriano Todaro (ISBN 978-88-6711-151-0)

Abbiamo una Costituzione : Ideologie, partiti e coscienza

democratica costituzionale / Gaetano Sgalambro (ebook ISBN 978-88-6711-163-3, book ISBN 978-88-6711-164-0)

La peste di Palermo del 1575 / di Giovanni Filippo Ingrassia (ebook ISBN 978-88-6711-173-2)

Permesso di soggiorno obbligato / redazione Girodivite (ebook ISBN 978-88-6711-181-7, book ISBN 978-88-6711-182-4)

Narrativa:

L'isola dei cani / di Piero Buscemi (ISBN 978-88-6711-037-7)

L'anno delle tredici lune / di Sandro Letta (ISBN 978-88-6711-019-3)

Emma Swan e l'eredità di Adele Filò / di Simona Urso (ISBN 978-88-6711-153-4)

Delitto a Nova Milanese : venticinque righe nelle "brevi" / Adriano Todaro (ebook ISBN 978-88-6711-171-8, book ISBN 978-88-6711-172-5)

Enne / Piero Buscemi (ebook ISBN 978-88-6711-179-4, book ISBN 978-88-6711-180-0)

Orientale Sicula : Proebbido entrari ed altri racconti / di Alfio Moncada (ebook ISBN 978-88-6711-193-0, book ISBN 978-88-6711-194-7).

Poesia:

Raccolta di pensieri / di Adele Fossati (ISBN 978-88-6711-190-9)

Iridea / poesie di Alice Molino, foto di Piero Buscemi (ISBN 978-88-6711-159-6)

Il libro dei piccoli rifiuti molesti / di Victor Kusak (ISBN 978-88-6711-063-6)

L'isola ed altre catastrofi (2000-2010) di Sandro Letta (ISBN 978-88-6711-059-9)

La mancanza dei frigoriferi (1996-1997) / di Sergio Failla (ISBN 978-88-6711-057-5)

Stanze d'uomini e sole (1986-1996) / di Sergio Failla (ISBN 978-88-6711-039-1)

Fragma (1978-1983) / di Sergio Failla (ISBN 978-88-6711-093-3)

Raccolta differenziata n°5 : poesie 2016-2018 / di Victor Kusak (ISBN 978-88-6711-149-7)

Libri fotografici:

I ragni di Praha / di Sergio Failla (ISBN 978-88-6711-049-0)

Transiti / di Victor Kusak (ISBN 978-88-6711-055-1)

Ventimetri / di Victor Kusak (ISBN 978-88-6711-095-7)

Visioni d'Europa / di Benjamin Mino, 3 volumi (ISBN 978-88-6711-143_8)

Cortale, borgo di Calabria / Pasquale Riga (ISBN 978-88-6711-175-6)

Perduti luoghi ritrovati : Poggioreale Antica / di Roberta Giuffrida (ISBN 978-88-6711-191-6)

Opere di Ferdinando Leonzio:

Una storia socialista : Lentini 1956-2000 / di Ferdinando Leonzio (ISBN 978-88-6711-125-1)

Lentini 1892-1956 : Vicende politiche / di Ferdinando Leonzio (ISBN 978-88-6711-138-1)

Segretari e leader del socialismo italiano / di Ferdinando Leonzio (ISBN 978-88-6711-113-8)

Breve storia della socialdemocrazia slovacca / di Ferdinando Leonzio (ISBN 978-88-6711-115-2)

Donne del socialismo / di Ferdinando Leonzio (ISBN 978-88-6711-117-6)

La diaspora del socialismo italiano / di Ferdinando Leonzio (ISBN 978-88-6711-119-0)

Cento gocce di vita / di Ferdinando Leonzio (ISBN 978-88-6711-121-3)

La diaspora del comunismo italiano / di Ferdinando Leonzio (ISBN 978-88-6711-127-5)

Sei parole sui fumetti / di Ferdinando Leonzio (ISBN 978-88-6711-139-8)

Otello Marilli / di Ferdinando Leonzio (ISBN 978-88-6711-155-8)

La diaspora democristiana / di Ferdinando Leonzio (ISBN 978-88-6711-157-2)

Lentini nell'Italia repubblicana / di Ferdinando Leonzio (ebook ISBN 978-88-6711-161-9, book ISBN 978-88-6711-162-6)

Delfo Castro, il socialdemocratico / Ferdinando Leonzio (ebook ISBN 978-88-6711-169-5, book ISBN 978-88-6711-170-1)

La socialdemocrazia italiana fra scissioni e confluenze (1947-1998) / Ferdinando Leonzio (ebook ISBN 978-88-6711-177-0, book ISBN 978-88-6711-178-7)

Parole rubate:

Scritti per Gianni Giuffrida: La nuova gestione unitaria dell'attività ispettiva: L'Ispettorato Nazionale del Lavoro / di Cristina Giuffrida (ISBN 978-88-6711-133-6)

WikiBooks:

La Carta del Carnaro 1920-2020 (ISBN 978-88-6711-183-1)

Webology : le "cose" del Web / a cura di Sergio Failla (ISBN 978-88-6711-185-5)

Cataloghi:

ZeroBook: catalogo dei libri e delle idee 2012-...

Catalogo ZeroBook 2007

Catalogo ZeroBook 2006

Riviste e periodici:

Post/teca, antologia del meglio e del peggio del web italiano

ISSN 2282-2437

https://www.girodivite.it/-Post-teca-.html

Girodivite, segnali dalle città invisibili

ISSN 1970-7061

https://www.girodivite.it

https://www.girodivite.it

ZeroBook catalogo delle idee e dei libri

bimestrale

https://www.girodivite.it/-ZeroBook-free-catalogo-puoi-.html